洪瓊君 著 / 陳采悠 繪

跟孩子玩自然

晨星出版

第一部 采悠、我和自然

C O N T N E T S

第二部 你也可以帶孩子和自然玩

自序

抓住童年一絲自然餘味

如果我請你閉上雙眼，回想一下童年時光，閃入你腦海裡的會是什麼樣的景象？是一片竹林、一畦綠田、一抹月光，還是門前的那棵龍眼樹？

在一九六〇年代以前出生的人，童年的記憶多少都帶些自然的氣息吧！

而現代的孩子屬於他們的童年記憶又會是什麼呢？寶可夢、手機、電腦、網咖，還是一串鑰匙、電視裡的馬賽克的光影……？

認真想想，我們究竟在為現代的孩子建構什麼樣的童年啊！我一直想做的就是幫孩子抓住一絲童年時光裡的自然餘味，這也是出版這本書的緣由之一。

此次在編排上分為兩個部分，第一部分是以散文的書寫方式記錄我的大女兒采悠出生之後，我帶著她四處野遊與自然玩耍的美好經驗，從中可以看出「自然」、「時間」、「經驗」，在一個幼兒身上所展現的偉大力量。第二部分是將我們平時和采悠玩的自然遊戲，設計成團體活動、幼兒教育及親子在家自然教育可以參考使用的教案。

第二部分包含二十個遊戲，大致可以分為幾類：

1. 感官接觸：〈敲敲打打〉、〈氣味地圖〉、〈那是什麼聲音啊！〉、〈發現新視界〉、〈擁抱一棵樹〉、〈採野果〉。

2.觀察體驗：〈玩一場靜獵遊戲〉、〈窗外的風景〉、〈拜訪祕密花園〉、〈一起來做大偵探〉。

3.創作遊戲：〈做一個自然手環〉、〈彩妝自然〉、〈彩繪自然〉、〈自然禮物〉、〈捏陶土好好玩〉。

4.角色扮演：〈賣菜囉〉、〈微觀想像之旅〉。

5.聯想與直觀的遊戲：〈命名遊戲〉、〈讓我們看雲去〉、〈觀想——像風一樣自由〉。

幼教老師可以依循不同的上課主題運用書中的遊戲輔助教學，甚至可以依照書中遊戲的目錄順序，一週一次進行「自然遊戲」單元，有系統地將自然體驗的生命教育融入在學前教育中。

我更希望父母們可以牽著孩子的小手，走入自然、體驗自然，甚至把自然邀入家中，讓這二十個自然遊戲成為家庭生活的一部分。

如果我們的幼教老師開始把學生帶至戶外接觸自然、觀察自然，撿個螳螂的螵蛸或毛毛蟲回到教室讓孩子觀察生命蛻變的過程，我們就不再只是教出一群有「知識」卻無「經驗」與「慈悲心」的孩子；如果我們的父母能開始牽著孩子的小手走入自然、體驗自然，在他羽翼豐厚之時，帶著自然原鄉的記憶展開流浪，那將會是孩子一生中寶貴的資產之一。

第 1 部

采悠、
我和自然

重新感知這世界

自從采悠出生以來，我尚未幫她買過一件玩具，除了樂器以外，大自然便是她最好的遊戲場。

她六個月大時，帶她去澎湖，看見漫野恣生的天人菊她也非常興奮，不時指著豔麗的花朵驚呼。在海邊神情專注地把玩腳邊的石頭和沙，偶爾把石頭塞進嘴裡品嘗石頭的味道。我也學她像嬰孩般重新去感覺沙的生命、石頭的味道和溫度，原來海邊的石頭真的很鹹。

女兒探索世界的觸角伴隨身體的發展而向外延伸，她不僅用手去觸摸，還整個倒在沙地上去感覺沙的柔軟和流動，手舞足蹈模仿浪花的翻滾和跳躍，對著翻飛的浪潮大聲喊叫——伴隨自然律動而成長的生命是如此自由。

而身為母親的我，最大的收穫便是學習孩子的心，和孩子一起重新去感知這個世界，生活充滿驚喜。

悠閒是成長的要素

有一次和一位從事十多年幼教工作的幼稚園園長聊起幼兒教育，他很感慨地說，每一天最常聽到的話便是老師或父母喊孩子「快一點」，「快一點下車」、「快一點吃」、「快一點寫」、「快一點集合」……從來不曾聽到大人對孩子說：「慢慢來，我等你。」

在臺灣，多數人的生活便是急急忙忙地趕下一刻鐘，為人父母為人師，也在無意中將此種生活步調感染給孩子，每天孩子一睜開眼便催促他做這做那，把孩子送到幼稚園仍嫌不夠，還要學才藝、補習——我常質疑，為何在孩子生命的起步就得活得如此忙碌？

記得采悠剛學會走路時，便常甩開我的手，跨著踉蹌的腳步向前。在她十個月大的時候，有一次她執意自己爬樓梯，我只能在一旁注意她的安全，幫她加油。當她靠自己的力量一次一階爬上五樓，雀躍之情洋溢臉上，我忍不住為她大聲喝采，雖然已經汗水淋漓。

那一次的經驗讓我深深體會到，孩子的成長有自己的節奏，常常需要父母耐心等一等。

采悠八個月大時，我便讓她坐在餐桌旁和我們一齊用餐，她有自己專屬的餐桌和椅子，用自己的方式拿湯匙、端碗，掉到地上的飯菜等吃完了飯再一併處理，雖然吃一頓飯每每要花上一、兩個鐘頭，但我並不以為意，我在意的是她能夠從容自在地學習，生活。

有一天，我原本要開車到另一個地方，走到停車處發現人行道上落滿殷紅的鳳凰花瓣，我和采悠就蹲下來在人行道上撿拾花瓣，一片一片紮成一朵一朵，再撒下來，慢慢地細細地，不斷不斷重複，采悠忙得不亦樂乎，不知時間過了多久，但我只記得采悠快樂高喊的神情和我們在陽光下花影底幸福的剪影，停在那個時刻。

日子為什麼要過得如此匆忙呢？

在爸爸的臂彎飛行

坐在東部海邊看排灣族人網魚苗，久了，可能有些無聊，采悠站起來逕自走向海洋，爸爸趕緊追上，以手托住雙足已踩入湍急溪流中的采悠，陪著她一起玩水。

水的魅力，有哪幾個孩子抵擋得了！只是在孩子成長過程中，有太多束縛與禁忌，而讓孩子逐漸遠離自然，遠離親近水的原始欲望。

爸爸穩穩地抓住采悠的雙臂，讓采悠在水中盡情踢踏玩耍，海好深好藍。還撐住采悠的雙手，讓她在水中漂浮，像一株飄逸的水草。

爸爸的溫暖雙臂，是采悠可以穩穩學飛的堅實翅膀，讓爸爸抱著溜直排輪鞋，感受飛行的速度；爬山時坐在揹架裡坐得不耐煩了，爸爸便抱著采悠在森林幽徑裡飛翔……。

能夠乘著爸爸的臂彎飛行的孩子，真幸福！

意外的紅豆遊戲

有天下午采悠從置物箱裡找出一個我在她五個月大時為她製作的樂器——一個裝了紅豆的塑膠瓶。其實在家中各個角落都可以找到類似的罐子，只是內容物不同，有的裝黃豆、綠豆、米粒或各種不同的植物種子。采悠偶爾會發現它們，然後拿起來玩一玩、搖一搖，熱度通常只有幾分鐘，而玩的興致卻總像第一次發現新玩意兒一樣。

這次她拿著裝紅豆的罐子上上下下使勁兒地搖。「沙沙、沙沙」的聲音挺有趣的，不料她竟把瓶蓋打開，裡面的紅豆似潘朵拉的盒子被打開來，「啪！啪！啪！……」紅豆撒了一地。哇！灑落地上的紅豆自然排列成各種圖案，像是一件藝術作品好看極了。采悠看了一地的紅豆也興奮地尖叫著。我蹲下來要采悠一起幫忙把紅豆撿回罐子裡，順便訓練她的小肌肉，一邊撿，嘴巴還不停發出「ㄟ喔！ㄟ喔！」這是采悠之前創造的加油聲，她也學我「ㄟ喔！ㄟ喔！」地叫。有些自指尖滑落的紅豆

在地上蹦跳著，采悠看得很專注——這些小豆豆怎麼也會跳舞啊！耶！豆豆怎麼也會滾著讓我追呀！

一邊撿著，我一邊唱「紅豆生南國，春來發幾枝，勸君多採擷，此物最相思。」（她更小的時候常聽我唱）采悠努力地撿，也努力學我發「ㄏㄨㄥˋ」這個音，就這麼記住了什麼是「紅豆」——沒想到意外灑了一地的紅豆，卻變出這麼多的遊戲。

采悠的涼鞋與陽傘

采悠堅持自己撐著姑婆送她的新陽傘，光著腳丫走在黃昏的沙灘上，仍然覺得有點燙腳——已經下午五點，太陽仍掛得老高。采悠直喊著：「燙燙！」執意要穿上涼鞋，可是穿上涼鞋每踩一步，沙子就跑進鞋子裡，采悠又覺得十分氣惱，直喊著：「沙子！沙子！」然後又堅持要爸爸幫忙把鞋子裡的沙撢掉才願意繼續往前走。

可是，沙子是必然會跑進涼鞋裡頭的，采悠又不願意赤腳走路，爸爸有耐心地陪在一旁說：「讓悠悠自己搞清楚其間的關係吧！」於是，就看見父女倆蹲站在沙灘上重複穿鞋、走一步、坐下脫鞋、撥沙子的過程——每一回當我沒轍或失去耐性時，便會把「教育權」換到小孩的爸爸手上，一方面觀察，學習孩子的爸爸

用何種方法及態度來教育孩子，擺平孩子的無理取鬧；一方面趁此調整自己的情緒和想法，經過角色的轉換，我成為局外人時，更能以欣賞的角度去看待采悠每一個看似不合理卻是正常的反應。

經過七、八次反反覆覆的嘗試之後，采悠似乎向沙子會跑進涼鞋裡的必然現象妥協了，只見她站起來撐起陽傘，明快地對爸爸說：「走吧！」

小小孩要看雲

第一次帶采悠到海邊，她才六個月大，那是臺灣版圖最西邊的一座小島——花嶼。海邊的石頭是采悠取之不盡的玩具。當時，她只會將石頭往嘴裡塞，我也學她嘗嘗海邊的石頭的味道；等她更大一點時，換她學我的手勢抓起海邊的沙來玩耍。

海邊的雲像天空的城市，住著各式各樣的奇物怪獸，當我們閒坐在沙灘上，采悠已可以跟我們一起分享看雲的快樂。

我們在海邊享用豐盛的晚餐，夕陽大手筆地在海面上揮灑顏

彩，橙的、黃的、紅的、粉色的揉糝在天空的布幕，海面上迤邐出一條熠熠生輝的金絲帶。采悠突然變得沉默，靜靜望著海面。我說：「采悠！妳有沒有聽見海浪為我們演奏的交響曲啊？」采悠點點頭，並且側耳專注地在傾聽著呢！

後來，采悠索性躺在沙灘的石礫堆上，臉上泛著喜悅的笑容。離去前，我們一家三口對著大海揮手高喊：「大海再見！」「聽！海浪在鼓掌歡送我們喲！」我說。

後來，我們常常去海邊看雲，但我永遠記得，那一次，采悠才一歲八個月大，她躺在石礫堆上的笑容，是那樣地悠適自在。

小Baby的荒野初體驗

采悠才兩個月大時，我們帶她到大社鄉觀音山一個天然的小湖邊。那時湖邊只有我們一家三口，采悠的爸爸在湖的另一頭，準備抓一些專吃垃圾的魚回去清除水族箱裡的廢物，而我則抱著采悠坐在湖邊玩耍。

黃昏時分，群鳥開始在林間活躍，白頭翁、麻雀、斑文鳥、粉紅鸚嘴、小彎嘴畫眉、臺灣畫眉……鳥聲啁啾，環繞湖畔，采悠揚起大眼睛，側耳諦聽這奇妙的自然樂章，臉上泛著喜悅的笑容，嘴裡不住地發出「呵！呵！」一聲，還快樂地雙腳直蹬，我能感受到自然樂音與采悠小小心靈交會時擦撞出的火花。

那一幕始終像電影畫面般在我心底停格，即使過了一年多仍如彩色照片般清晰。

後來，采悠經常用眼神與我分享她發現的自然生命，例如：空中

的飛鳥、花叢裡的蝴蝶、停在地上的金龜子……。采悠一歲九個月大時，她已經可以輕鬆無礙地表達她所發現的自然生命，隨著認知能力的增加，她的觀察力也日益敏銳，有時在早餐時，她會雀躍地指著窗外的麻雀高喊：「Bird!」帶她到野外，很多時候是她發現昆蟲，指給我們觀察。

孩子的心靈和身體，遠比大人更接近土地，我始終這麼認為。只是，在她不斷認知學習，不斷記憶、不斷遺忘的過程中，是否還記得最初與自然生命心靈交會的那一刻？

和蟲蟲做朋友

在一次兒童營活動中，孩子們發現一隻尺蠖，我讓尺蠖爬上我的掌心，小朋友也想如法炮製，還在猶豫時，采悠已伸出小手接過尺蠖，並嚴肅而專注地觀察尺蠖如何在她手臂上爬行。其他孩子十分驚訝才一歲多的采悠竟敢摸毛毛蟲。

其實，除了蛇類尚無機會觸摸，一般常見的昆蟲動物，甚至是死亡僵硬的，采悠都已觸摸過。也許她生來膽子就比別的孩子大一些，然而采悠也並非天生對昆蟲動物具有免疫力。

采悠六個月大時，我們至澎湖旅行，采悠的爸爸自退潮後的海灘上拾來海星、槍蝦、海綿……，采悠一一照單全收，甚至還想將這些「海鮮」往嘴裡送，像她啃石頭那樣自然。

然而，等她年紀再大一些（也不過多長幾個月），對外界事物不再那麼懵懂無知之後，面對野生生命時，反而不那麼膽大妄為了。有一回，一隻青斑蝶因為受傷而安靜地躺在我的掌心裡，采悠目不轉睛地盯著青斑蝶看，眼神充滿好奇，卻不敢伸手來觸摸，我一邊伸手觸摸青斑蝶的翅膀，一邊輕輕地將掌心湊近采悠面前，並告訴她：「蝴蝶很樂意和妳做朋友喔！」不一會兒，采悠便與蝴蝶有了愉快的第一次直接接觸。

之後，采悠雖還不至於主動去接觸蟲蟲，但每次看我們快樂而無懼地抓蟲摸蟲，她也會忍不住伸出好奇的手。

一次次與野生生命直接的接觸，又逐漸挑起采悠天真好奇的本性，她不僅不再怕蟲，而且逢蟲必摸。只要在野外發現蟲，而我們確定無毒後，她一定會說：「悠悠摸看看！」

隨著我們上山下海，采悠很快就從被動地分享轉換成主動的發現者。記得那一回去爬扇平古道，林相豐富且食物充足，古道遂成了蟲蟲天堂，采悠不斷發現藏在各個角落的蟲蟲，尤其是看到火炭母草上成群結黨的藍金花蟲，興奮不已，直喊著：「悠悠要摸摸！」可是只要采悠伸手觸及藍金花蟲，蟲蟲就裝死而墜入草叢，一次一次反覆體驗之後，采悠從中悟出

抓蟲技巧，她將掌心朝上，再以另一手的拇指及食指去抓蟲，蟲蟲裝死剛好落入她的掌心，當時采悠才一歲七個月。

每一次在演講中，我總會不斷提醒家長與老師，孩子的心有如白紙，大人在面對生命甚至其他事物時，表現出來的無名恐懼、輕忽的態度或是錯誤的認知，都會一一印染在孩子心中。這個想法，在與我女兒共享自然，陪她一起沐浴自然的過程中已得到最好的驗證。

像大海般深邃

自從大女兒采悠加入我們的生活之後，我們的生活簡直就是活在地獄中，尋找穿入天堂的縫隙。

說她是天使嘛！她任性而為、一意孤行又時時闖禍，想做什麼大人就得放下所有工作奉陪到底的孩子本性，每每將我從文字堆棧的夢境中拉扯回現實，讓我寫不成篇、讀不成文，每一天就在與她分權抗衡、妥協、玩耍中度過以致一事無成（其實，雖說一事無成，但最大的成就就是陪伴她一天天地長大）。

說她是惡魔嘛！自她還在襁褓中時，每每綻露令人心花朵朵怒放的天使笑容，及至學翻學爬學步到牙牙學語，唱自己的調，每一個動作、一顰一笑，都大張寫著「超級可愛」的旗幟，如旋風般擄掠人心。尤其到了後來可以運用更豐富的表情逗弄人及更準確的語言表達自己的感覺和想法時，她更像是平淡生活裡不時出現的驚嘆號，讓白開水似的生活充滿意外的漣漪。

與女兒偕行的日子，猶如踽踽獨行於森林幽徑，寂靜中全然不知前面山壁會有什麼樣的野花令人驚豔；或許是驀然劃過林間的一陣鳥鳴與我隨行；或是峰迴路轉處不期然與一道清泉飛瀑相遇——采悠就是幽靜中的野花、是鳥唱、是那令人驚喜的清泉飛瀑。

自采悠出生以來，占去她初探這繽紛世界的大部分記憶應是與我們共享自然的喜悅吧！

進入自然從分享花香開始。當采悠尚未能獨自行走時，她經常坐在父親背上的背架隨我們行走山川大地，有時她覺得不耐煩了，我便隨手拾一葉禾草、摘一朵野花或一顆果實與采悠分享，采悠就能安靜把玩好一陣子。直到後來采悠偶爾願意自己行走於山徑時，一定不忘撿一片落葉或拾石子或摘下一朵草花送給我們，有時她會要我們蹲下來聞花的味道，並與我們分享她的發現：「花好香喔！」采悠說。

我們於千禧年的秋天移居東部，經常騎腳踏車載采悠行過甜根子草織成一片秋芒景致的秀姑巒溪畔，采悠總是要求我抽一束甜根子草「送給ㄅㄚˇ ˙ㄅㄚ」，再抽一束「送給ㄇㄚˇ ˙ㄇㄚ」。有一回我之前任教的沙卡學校至臺東進行戶外教學，其中一日安排到我這兒來，我帶他們去看廢棄的「大禹」火車站，到鄰家田裡採有機蔬菜，還去看冷泉、到瀑布區玩水，途中經過秀姑巒溪，采悠指著溪畔茫茫秋雪說：「媽媽妳看，好多甜根子草。」同行的老師很是驚訝，采悠怎知那是甜根子草？他一直以為那白茫茫一片都是俗稱的「菅芒花」。

一晚，我們在路燈下發現一隻螽斯，我想抓起來讓采悠細看，那螽斯感覺到我接近牠的那股氣流，縱躍一大步差些落進排水溝裡，我再碰牠一下牠才又回到水泥地上，可能是看到螽斯的掙扎，采悠突然對我說：「不要抓牠啦！」

「為什麼？」我問。

采悠沉吟了半晌，回答說：「紡織娘會死掉！看就好了。」

當時采悠才兩歲大，我不知她對生命竟已如此敏感。

往後的日子裡，采悠不時地提醒我要向橫在我面前的狗狗說「借過一下」，不小心折斷了莖葉要跟植物說「對不起」，還要如何溫柔地對待眼前的所有生物……我才逐漸體悟到，原來兩歲大的孩子她的內心世界竟也如大海般深邃，無處不令人驚奇。

闖入城市桃花源

以前住在城市裡，若要出門辦事只要三十分鐘內可以到達的地方，我通常會以腳踏車代步，更近一點的則選擇以步行的方式。

為了騎腳踏車載采悠出門，我們還為她買了一個腳踏車專用的小藤椅，賣藤椅的老闆娘說現在已經很少見到年輕父母來買這種椅子了，通常只有阿公才用這種藤椅載孫子。

記得采悠第一次坐腳踏車時還未滿週歲，但她已可以用雙手穩穩地抓住控制方向的橫桿了，我沿途為她解說馬路上的景物，有時也會帶采悠想像路邊的建築物是高聳的大樹，而自我們身旁呼嘯而過的車流是叢林野獸。采悠一邊小心翼翼地抓住橫桿，一邊也按耐不住興奮地東張西望。

然而在城市中騎單車實在不是一件舒服的事，車多壅塞既危險又烏煙瘴氣，在馬路上用力吸一口氣胸口便劇痛的經驗，說來一點也不誇張。

為避開人潮我會繞入陌生小徑，因而闖入隱於鬧市的幽靜天地，有時我們在稻田之間迷途穿梭，而車水馬龍就在我們前方五十公尺；有時繞入人家後門窄巷，滿眼繽紛的盆栽花草夾道相迎。

有一次甚為奇妙的是為避開壅塞路段而彎入一條曲折的巷弄，路一轉，右側出現一睹亂石砌高的牆，垂滿了蕨類和其他植物，車子輾過好幾塊木板疊成的便道，還激起幾灘泥水，一幢幢擠在一起的矮房子，隔離出一個僻靜的世界，左彎右繞了許久出來，竟是人聲鼎沸的鳳山火車站前——那一趟我和采悠彷彿闖入時空錯置的山城，大白日裡做了一場好夢似的。

若不是以腳踏車代步，哪有機會與這一處處隱在鬧市中的小桃花源相遇！

千禧年（二〇〇〇年）秋天移居東部，為了讓滿兩歲的采悠有更強的活動力，決定為她買輛腳踏車，在商店裡悄悄對采悠說：「妳要用全力踩喔！踩動了，我才會買給妳喔！」只見她使盡全身力氣墊起腳來將車子踩向前幾步，就為了她那認真的勁兒，花了一千元買回一輛手把幾乎與她同高的腳踏車，夠她騎兩、三年了。

而花蓮這兒到處都是好風好景，少了車煙塵囂，每條路徑都充滿了驚奇，采悠踩著自己的腳踏車上路，故事可是多得說不完了。

阿末伊都丟丟丟

一日帶采悠去散步，看見小白鷺自田間飄然飛起，采悠興奮地指著躍起的白色身影說：「白鴒鷥！」我很欣喜她已認得小白鷺，更讓我驚喜的是采悠接著以她甜美的童音哼起了：「白鴒鷥！車畚箕，車到溪仔墘，跌一倒，拾著兩仙錢，一仙存起來好過年，一仙買餅送大姨。」

我從不知她會唱這首歌謠，而且還唱得如此完整，以往帶她出遊看見白鷺鷥我總會指給她看，並且總會不自覺地哼起這首「白鴒鷥」，也許就是這樣一遍又一遍地將音律和歌詞植入她的記憶體，待累積到一定的儲存量，到了相遇的時刻便啟動了記憶。

然而藉由與實物接觸的經驗傳達的知識，必定加倍鮮明生動，歌謠的學唱也是如此。那次帶采悠走入舊山線的廢棄隧道，走在黝黑的甬道中，想到的便是臺灣火車歌謠的代表作〈丟丟銅仔〉——

火車行到伊都
阿末伊都丟
唉喲磅孔內
磅孔的水伊都
丟丟銅仔伊都阿末伊都
丟阿伊都滴落來

旋律簡單，節奏卻極富趣味，走了一趟隧道，才兩歲的采悠已能記住歌詞音韻，琅琅上口，每回看見火車經過便要再唱一遍。

所以，看見天空烏雲如破抹布般壓得沉甸甸時，我便指著天空教采悠唱：

天烏烏，欲落雨

阿公仔舉鋤頭欲掘芋……

春天，在蓮池潭畔意外遇見螢火蟲，我教采悠唱：

火金姑，來呷茶，

茶燒燒，來呷芎蕉，

芎蕉冷冷，來呷龍眼，
龍眼要剝殼，來呷藍菝仔，
藍菝仔全全籽，唉呦！害我落嘴齒。

八月中秋吃柚子，邊吃柚子我邊教采悠唱：

呷菝仔放銃子，
呷柚仔放蝦米，
呷龍眼放木耳，
欲娶新娘最歡喜……。

還有一首〈ABC鹹酸甜〉的歌謠，將日常生活的題材做了押韻而有趣的連接：

什麼甜，西瓜甜，
什麼西，白鴒鷥，
什麼白，頭毛白，
什麼頭，紅菜頭，
什麼紅，李仔紅，
什麼李，紅肉李，
紅的予我，青的予你。

每一次和采悠接龍吟唱這首歌謠時，總特別能感受到洋溢齒間的音節所傳遞的歡樂氣氛。我很喜歡和采悠一起分享這一類的臺灣歌謠，因為它們連結了我許多童年的愉快記憶，而這些臺灣歌謠多以自然生命現象做為題材，是讓孩子認識自然環境的好媒介。同時這些歌謠也詼諧而逗趣地記錄了早期臺灣生活的景況，讓年幼的采悠得以透過歌詞連接上阿公阿嬤的生活記憶。

記得那一日微風清涼的黃昏，我和采悠坐在灌溉溝渠上看著腳下潺湲流去的溪流，一遍又一遍地對著無人曠野高聲大唱：

——流水呀！

請你別把光陰帶走。

往後，再看到水流，采悠一定雀躍地喊：「流水呀！」我知道，她一定想起了那個微風清涼的黃昏。

要自然也要玩伴

姊姊的孩子小佑子是典型的都市寶寶，平時鮮少有機會出門，所以他的活動空間就只是客廳到臥室不到十坪大的區域，連住家附近的公園都很少去。之前，我們猶住在高雄時還經常會帶小佑子出去走走逛逛，自從我們移居花蓮之後，小佑子出遊的機會就更少了，同時他也失去了唯一的玩伴——我的女兒采悠。

前些時候回高雄時，姊姊憂心忡忡地告訴我，她擔心小佑子不會與其他小孩互動，擔心小佑子的語言發展狀況（小佑子滿週歲兩個月了，還不會說話），擔心所有母親都會擔心的問題——我看著在客廳正拿著爪杖畫地的小佑子，他的確有些特質和一般的孩子不太一樣，他不喜歡被人抱，不喜歡玩玩具，不喜歡聽人家為他唱歌，對樂器的興趣也不高，只喜歡長長的物品，例如爪杖、掃把、水管……。但是，我覺得小佑子還是一個快樂而又聰明的孩子，他只是缺少機會學習吧！我想。

上個月姊姊一家人到花蓮來住了好些日子，采悠和小佑子兩個成天玩在一起，互搶東西、互相模仿學習甚至還相互爭寵，但我們看到小佑子笑得更為開懷，也開始發出幾個清楚的音來。小佑子知道采悠（采悠比小佑子大一歲）一定會搶他手上的東西，而那些東西往往在大人看來十分荒謬，一隻鞋、鑰匙圈或是一張紙……但是小佑子總要把他手上的東西在采悠面前晃一下，讓采悠來搶，若采悠不感興趣他便再找另一樣東西重複剛才的動作，但是采悠真搶了小佑子的東西他又要哭——觀察幼兒之間的互動實在是很有意思。

那日難得太陽露臉，我帶他們到瀑布下玩水，雖已是十二月的天氣，微寒，但采悠一看到水便逕自撩起褲管踩進水裡，但小佑子望著潺湲流水目不轉睛卻不敢跨前一步，外婆在一旁笑小佑子沒膽量，但我覺得不公平，因為采悠四個月大就開始玩水了，小佑子卻沒什麼機會親近水。

姊夫抱著小佑子在水邊的石頭上輕輕踩水，逐

漸瓦解小佑子懼水的心理，後來外婆抱著小佑子坐在溪流中的石頭上，采悠自水中撿拾石頭送給小佑子，小佑子看了看又把石頭扔進水裡，兩個孩子不斷重複這個遊戲，小佑子似乎已能領略玩水的樂趣，即使大人離開身邊，他也毫不介意只專注眼前的遊戲。

姊姊那一陣子重感冒不太能抱小佑子，她坐在離水較遠的石頭上看著兩個孩子盡情地玩耍，欣慰地說：「這幾天看小佑子和悠悠一起玩，搶東西也好，爭寵也好，小佑子各方面的發展在這幾日都有顯著的進步。」一家裡的人丁不算少，外公、外婆、爸爸、媽媽、舅舅、姑婆、阿姨都給了小佑子極多的關愛與照顧，然而從小佑子的身上讓我更加領略到親近自然與同儕之間的互動都是孩子成長的過程中很重要的元素。

小泥人

采悠滿身溼泥站在門口，住在對門的小姊姊搶著向我報告：「悠悠自己要跟我下去的啦！」她們踩進稻田中的灌溉水渠裡去玩，別人沒溼，采悠卻浸滿一身的爛泥。我趕緊幫她換去一身泥濘，拭乾身體。

「跑去哪裡玩了？」我問。

「跑進水裡面，姊姊拿管子抓魚。」采悠說。

「好玩嗎？」我問。

采悠的臉上馬上露出喜悅的笑容說：「好玩。」

從采悠的笑容裡，我彷彿看見童年的自己，那個愛趴在泥土裡打彈珠，踩進水田裡抓青蛙的黑小孩。甚至在擠得水洩不通的游泳池裡，因媽媽忘了幫我帶泳衣，便率性地只穿一條內褲就跳進泳池中，眾目睽睽之下，我也不在乎，那時已上小學，我，為了玩水，什麼都不在乎。

但，不知從什麼時候開始，在一腳踩進爛泥時我會不由自主地皺眉，甚至看見一汪清澈的溪水，我也只是斯文地掬起一把水；更多的時候只是靜靜地凝視水面，觀看生命來來去去，我已經想不起來自己曾有過強烈的親水親土的欲望。

采悠一歲大時，朋友拿許多玩具讓她玩，她的手停留在塑膠玩具不到二十秒，便轉移目標去把玩擺在一旁做裝飾的石頭。采悠對於石頭的興趣似乎更甚於塑膠玩具。後來，從一位資深兒童教育工作者那兒聽到一種說法：在孩子尚未社會化之前，都比較喜歡自然的觸感——這是她二十多年來從事幼教的觀察所得。

原來，人類最原始的渴望還是觸摸大地，擁抱自然。其實，不必太多的理論支持，我已經在采悠沾滿泥土而幸福洋溢的笑容裡看到答案。

臺灣行腳

采悠兩個月大時，我們便和一群朋友帶著采悠走南橫到臺東玩。初次在外過夜的采悠，狀況十分良好，九點即入眠，一整夜不吵不鬧安睡到天亮。

自此之後，采悠跟著我們行腳臺灣，澎湖、蘭嶼、蘇澳、臺灣的最南端、玉山東峰、鮮有人跡的古道……，甚至在她四歲時，就花了兩天十九個小時，獨力走完來回二十六公里的瓦拉米步道——當她兩歲四個月時，足跡早已繞了臺灣島兩、三圈了，一方面是因為我們大人愛玩，另一方面是我們也讓采悠參與我們所有的活動。

我們帶采悠去聽別人的演講，也聽我自己的對外演講，甚至帶她去聽室內演奏會和舞臺劇。采悠幾乎可以每場從頭聽到尾，坐得不耐煩時就喝ㄋㄟㄋㄟ或拿紙畫圖，有時候就把她帶出去走走再進來，所以我都選擇坐在最後一排靠近出口的位置。也因此，我特別能同理與我同樣景況的父母，在我的演講場合中只要有父母帶小小孩來現場，我一定會對好學的父母特別鼓勵甚至請大家特別包容，這對孩子也是很好的學習機會。

此外，聽露天音樂會時，我們會抱著采悠坐在人群中為她解說每種樂器。去看明華園野臺戲、戶外音樂會、室內各項藝文表演甚至參與原住民祭典……讓采悠感受那種鑼鼓喧天、莊嚴悠遠以及各種展演的藝術氛圍；帶采悠去美術館、博物館看各種展覽，沒耐性時，便叫她模仿展覽品的手勢，她便可以興致勃勃地將展覽看完。

帶采悠四處旅行，只是不想辜負臺灣豐富而多變的奇山異水；也不想錯過這座島上多元的民俗文化。

更重要的是，讓孩子自己的雙腳走過哺育他成長的土地，用他的心閱讀大地。他才會明白，生命原來可以是如此多樣而精采的啊！

毛毛蟲事件

一回，我們與朋友一起出遊，開車途中采悠發現與她同坐後座的阿姨身上有毛毛蟲，她語氣平常地對我說：「阿姨身上有毛毛蟲。」這個阿姨旋即全身神經都緊繃起來，驚恐地問：「真的嗎？」我轉頭看，在她肩上確實有一隻毛毛蟲，這個阿姨馬上驚聲尖叫：「我最怕毛毛蟲了，拜託趕快幫我弄掉。」我輕輕地從她身上取下毛毛蟲，待停車時再將牠放至草叢裡，但同時也在我從這個阿姨肩上拿掉毛毛蟲的那一刻，看見采悠因吃驚而怔住的神情。

從此采悠也不敢碰毛毛蟲了，可是她還是喜歡抓瓢蟲，她也敢抓甲蟲、蝴蝶、紡織娘……過了一段時日，采悠又敢抓毛毛蟲、雞母蟲了（她看我們一點都不害怕蠕動的毛毛蟲，耐不住好奇），但是她怎麼也不肯讓蟲在她身上爬，即使是她最喜歡的瓢蟲。

有一日晚餐時間，我想到報社邀稿需要照片，認真地向采悠請求：「悠悠，明天抓一隻毛毛蟲放在妳身上來拍照，像以前一樣，好不好？」

采悠斬釘截鐵地拒絕，我又進一步勸說：「妳以前都敢讓尺蠖在身上爬，現在都不願意了，但妳卻敢抓瓢蟲！」

采悠聽到瓢蟲便愉快地說：「瓢蟲可以

在我身上。」

我問：「為什麼毛毛蟲不可以？」

采悠似乎很認真在思考我的問題。我試著幫兩歲大的采悠回溯她的記憶：「是不是上次那個阿姨身上有毛毛蟲——」

采悠馬上以手摀住眼睛說：「然後阿姨就大叫『啊——』。」

我問：「妳是不是被阿姨嚇到了，所以不敢抓毛毛蟲？」采悠認真地點點頭。

在采悠更小的時候，沙卡學校的老師便提醒過我，面對孩子任何突發的狀況，都要以冷靜的態度處理，切忌驚聲大叫惶恐慌張反而會嚇到孩子。即使采悠從床上摔落，於攀爬中跌傷，或是摔碎、翻倒任何東西，我總是儘量憋住衝上喉頭的驚慌，告訴采悠「沒關係」，受傷了就迅速地將她擁入懷裡安慰她。

我盡可能在能力所及的安全範圍內放任采悠對外在世界的任何嘗試與探索，我更鼓勵她與自然生命直接接觸，所以她一直是膽大而勇於嘗試的，不怕跌倒摔傷，不懼怕黑暗及各種失敗。而經歷那次毛毛蟲事件之後，我更加確信對於敏感而記憶力強的孩子，不愉快或受到驚嚇的經驗，只要一次就足以影響深遠。

我不知道何時采悠才能淡忘那一幕阿姨被毛毛蟲驚嚇的印象，或是重新認識毛毛蟲的可愛，那需要更長時間的耐心引導，但是我決定不再在她面前提起「毛毛蟲事件」。

蝴蝶在樹上結婚

帶著采悠到秀姑巒溪畔的田間小徑慢跑，我對著已坐在石頭路上撿石粒、丟石頭的采悠說：

「悠悠，媽媽跑到前面那棵大樹再跑回來找妳，妳在這裡玩石頭好不好？」

采悠點頭說：「好。」

我開始慢跑，回頭看，采悠仍坐在路中央抓石頭，遠遠地，采

悠好像也變成一顆石頭。

跑了一圈回到采悠身邊，采悠撿了兩顆白色石頭送我，要我放進口袋，我陪她看路旁的紅茅草、孟仁草、白茅，把昭和草的種子吹得老高，再採一株甜根子草送給她，采悠答應讓我再跑一圈。

第二圈跑回來，采悠便用哭聲迎接我了，抱著她慢慢踱步，走到苦楝樹旁，我還在研究它的樹形，采悠已經敏銳地發現樹枝上的蝴蝶，她說：「媽媽，有一隻蝴蝶。」

我朝她手指的方向看去，對她說：「悠悠！是兩隻小灰蝶，牠們在結婚。」

「蝴蝶在結婚！」采悠高興地喊著，似乎為這個新發現感到雀躍。

我抱著采悠更湊近蝴蝶一些，補充說：「妳看，兩隻小灰蝶的屁股連在一起，頭在另外一邊，頭上的觸角還在那裡動來動去，有沒有看到？」

采悠用力地點點頭，我又對她說：「蝴蝶結婚需要很久的時間，我們不能吵到牠們，不然牠們的結婚就會失敗，蝴蝶就不能生小寶寶了。」

采悠似乎完全聽得懂我的解釋，不停地點頭，還說了聲：「喔！」采悠一直不肯離開，蝴蝶似乎也未曾移動，時間不知過了多久，我和采悠似乎也成了兩顆不動如山的石頭。

鄉居日子實在閒不下來，今天上山，明日溯溪，後天往田裡鑽，再大後天又往部落跑，還要蒔花、種菜、摘菜……每天都有不同的發現和驚喜，我老早忘了蝴蝶結婚的事。

再騎單車到秀姑巒溪畔已是整整一個月後了。

單車在石子路上嗑琅嗑琅地前進，遠遠看見右前方那棵苦楝樹，坐在嬰兒座椅上的采悠馬上舉起小手指著前方那棵苦楝樹：

「媽媽，蝴蝶在樹上結婚。」

＊＊＊

自強外役監獄前方那一大片富有歐洲景致的甘蔗田，後來變成我們經常造訪的祕密花園。

這一片廣袤看似平凡無奇的甘蔗田，進入之後總會有出乎意料的發現，除了愛唱歌的小雲雀，總是不停擺尾的白鶺鴒、黃眉黃鶺鴒、灰鶺鴒，還有喜歡成群結隊的斑文鳥、烏秋（這裡的烏秋竟是成群結隊的，三、四十隻黑壓壓地在電線上排成一列，看起來有點詭異），還有在西部極少見的環頸雉，總愛沒事就跑出甘蔗田來逛大街，還有令人驚豔的野鴝、黃尾鴝……。

棕背伯勞也是常見的，牠喜歡站在枝椏突出的位置，身材圓圓胖胖，挺可愛的。前些日子，在車上，采悠的爸爸準備好相機想近距離拍攝棕背伯勞，我從後座挪至前座，轉身對采悠說：

「爸爸要拍棕背伯勞，換媽媽開車，不要出聲喔！否則棕背伯勞會被嚇跑。」

采悠點點頭，她早已習慣這種場面，知道在此時必須保持安靜。而她平時並不讓我開車，要我陪她坐在後座，只有特殊情況才答應換我開車。

我們屏住聲息以緩慢的車速接近棕背伯勞，而棕背伯勞也十分警覺地與我們保持一定的距離，這個枝頭換過那個枝頭，我們拍了幾張不甚滿意的照片，棕背伯勞也從我們的視線消失。

這晚，我正在書桌前寫稿，采悠在一旁也沒閒著，一會兒拿筆學我寫字，一會兒翻翻書，敲敲木琴，彈電子琴，一會兒又拿拼圖來拼，這會兒她又拿一支原子筆芯專注地戳我剛剛用來泡茶的玫瑰花，好幾分鐘之後，她成功地插上一朵玫瑰花，並高舉起來興奮地喊：「棕背伯勞！媽媽妳看，棕背伯勞！」

我停下筆，轉頭看見采悠手上那朵浸過水膨脹了的粉色未開的玫瑰插在筆芯上，倒有幾分神似站在木樁上的棕背伯勞。

「呵呵！棕背伯勞。」采悠還在興奮地叫著。

看著她天真笑容，我不禁陷入一種夢境般的喜悅，甘蔗田裡的景致一一浮現在腦海……我突然想起要采悠帶著她的創意去和在樓上休息的爸爸分享，采悠小心翼翼地護著那隻搖搖欲墜的棕背伯勞上樓，忽而又傳來她的聲音：

「啊！媽媽，棕背伯勞飛走了！」

看天河

鴟婆（老鷹）飛高高　目珠利利
白鶴牛背項　淨淨利利
鯉嬤水草竇　撩蝦公
阿婆竹頭下　打鬥敘（聊天）

采悠睜著似一汪湖水般清澈的大眼睛，隨著音樂唱歌，唱完了還靦腆地笑一笑，好喜歡看采悠唱歌的表情。〈鴟婆〉是阿淘哥

《下課啦》這張專輯裡的其中一首歌曲，我們雖聽不懂客家話，但是《下課啦》裡面天真自然的童聲，好聽而富有感情的編曲及阿淘哥具故事性如詩般的歌詞，都是我們深深喜愛這張專輯的原因，連兩歲的采悠都愛不釋「聽」呢！

一九九八年十月六日采悠加入我們的生活

之後，我們的生活習慣大致上來說並沒有多大變化，包括聽音樂的選擇也沒什麼改變，古典樂、民族音樂、環境音樂……都是我的最愛。流行歌曲、重金屬音樂及怪腔怪調的兒歌，我都無法接受，所以采悠一直是隨我的習性聽音樂。

當我聽《天鼓手》裡的〈春天〉時，歌詞是這樣寫的：

當我走過大地，溪水潺潺地流著，矮草也綠了，動物們紛紛地出現在眼前，海鷗更多了……我聽到有人在說話，我要找出聲音的來源……

采悠也隨著我手舞足蹈，還拿起自泰北買回的皮鼓跟著節奏敲打。

當我們一起聽王宏恩《獵人》中的〈在外工作的朋友〉，采悠也學我們拿著鈴鼓邊拍邊唱，「O hai ya」；當陳明章《下午的一齣戲》的童謠唱起：

一個炒米香，二個炒韭菜，
三個沖沖滾，四個炒米粉……

采悠也會大聲地說：

「這是我唱的歌。」

我們家從來不看電視，也不知道現在流行什麼，鄰居小孩喜歡聽徐懷鈺及中國娃娃的歌，他們說很好聽，但我還是搞不懂什麼叫做「不要來汙辱我的美」？

那是陪采悠吃早餐時，窗外的天空藍得好澄淨，陽光燦燦亮亮的，心頭一動，忽然唱起了遺忘已久的歌：

夕陽照著我的小茉莉、小茉莉；
海風吹著她的髮、她的髮，
我和她在海邊奔跑，她說她要尋找小貝殼……。

聽我唱這首歌時采悠的眼睛突然一亮，我問她喜不喜歡？她點點頭，要我再唱一遍，那天晚上「小茉莉，請不要把我忘記，太陽出來了，我會來探望妳……」代替了《搖囝仔歌》的搖籃曲，現在采悠已經會和我合唱這首歌了。

曾經在一次生命教育的研習課程中，有人問林谷芳教授該給孩子什麼樣的音樂？林谷芳教授回答得很好：「重點不在於給孩子聽什麼樣的音樂，而是要創造音樂的氛圍。」

我想任何學習都該是如此的吧！父母參與孩子的成長，共同營造學習的情境，才是更重要的。

靜靜的夜裡，采悠吸完了奶在我懷裡睡著，收音機又傳來阿淘和孩子童稚的歌聲唱著〈看天河〉——

恩個未來　係麼介世界
（我們的未來 是什麼世界）
……
係唔係河水有較清

係唔係天空會較明
恩個未來 係麼介世界
係唔係日子較有自由
係唔係生活較有快樂
……
想度（帶）你去有火焰蟲（螢火蟲）介所在
想度你去有揚尾仔（蜻蜓）各所在
想度你去傾多傾多魚兒介所在
想度你去 度你去 看天河（銀河）

一生的祝福

料峭春寒難得有暖陽的早晨，什麼事也不急著想做，便帶著采悠到屋後的田裡拔菜。

移居東部來，我們選擇了鄰近稻田的房子，房東好心地將屋後的田地免費讓我們耕種，這一期的菜採收得差不多了，要重新翻土撒種子。而這一期的菜從翻土撒種抓蟲拔菜，每一個過程采悠都有一起參與，就像現在，她偶爾跟我們一起拔A菜，偶爾去採幾個龍葵果子吃吃，偶爾發現一些新奇的東西與我們分享——

「媽媽妳看！土好漂亮，亮亮的。」

「媽媽！快來看這隻蟲蟲！」

「這是蜘蛛啊！」我說。

「喔！是Spider。」采悠說。

我們一邊採收上蒼送給我們的禮物，一邊與采悠分享在A菜裡發現的昆蟲、葉蟬、蝗蟲、蝸牛、紋白蝶、金花蟲、瓢蟲……采悠最喜歡身體亮得塗上一層釉彩的瓢蟲——

「悠悠！妳看，錨紋瓢蟲，好漂亮喔！」

「我要抓！我要抓！」

「妳看！又有另外一隻瓢蟲在我身上爬耶！悠悠，妳要不要讓瓢蟲在妳身上爬？」

「不要！」

采悠還是不願意讓蟲在身上爬。

微風徐徐吹來，陽光暖暖的，偶爾小雲雀的歌聲自田野中傳來，看著在一旁玩水的采悠，衷心感謝上天為我們選擇這一方如此美好的土地，讓采悠可以濡沐於大自然中適性地發展。

人生不必庸庸碌碌、汲汲營營追求外在的東西，物質的需求儘量簡單勿超過自身所需，智慧的增長、心靈的豐盛富足才是更重要的，這是我們的生活態度與追求，同時也是想灌溉伴采悠成長的源頭活水給她的心田幼苗。

能夠從從容容、悠遊自在地以自己想要的節奏和方式過生活，是身為母親的我最想送給采悠的禮物和祝福。

自然之子

三月了，舞鶴臺地（位於花蓮縣瑞穗鄉）的柚子園正發花，才傳來螢火蟲進駐的消息，我們就迫不及待地想去看看久違了的黑夜精靈。

那晚，我們驅車前往柚子園，柚子花在暗夜裡散發淡淡清香，車子一熄火便看見柚子樹叢間零零落落的黃綠火光在暗夜中優雅而輕緩地浮動著，按捺不住欣喜衝下車，卻見采悠仍留在車內堅持不下車，她說：

「螢火蟲會咬人。」

「不會啦！螢火蟲只吃蝸牛，對人類很溫和的，妳只要看到牠、摸摸牠，就會知道牠是多麼漂亮的小蟲蟲了。」我說。從采悠不信任的表情看來，我的話仍無法說服她，我丟下她兀自走進柚子園看螢火蟲，采悠在車上沉寂了片刻，忽又喊著：

「我們去亮亮的地方，不要停在暗暗的地方，好不好？」

我看著她，心裡想著她以前是不怕黑的，幾個月大時，我們把燈全熄了還躲在床下，希望她知道夜已經很黑了（晚上十二點），該睡了。她卻呵呵大笑、歡聲尖叫，以為我們在跟她玩捉迷藏。她也經常獨自走進黑暗的房間幫我拿取物品，但是她漸漸不喜歡黑暗，她知道黑暗象徵著孤寂，她喜歡人聲喧鬧、燈火明亮的地方。

拗不過采悠的堅持，我只好把沒入柚子園中的采悠的爸爸喚回，他手上已捧著兩盞藍綠色的冷光，不管我們如何費盡唇舌，采悠仍是不為所動。

待我們發動車子繼續前行時，就在另一處柚子園裡上百盞如萬聖節的燈飾在矮叢間閃爍，彷彿向我們傳遞春天喜悅的訊息，面對如此夢幻的景色，怎能按捺住躍躍欲試的腳步，突然腦中靈光一閃，我轉頭對采悠說：

「悠悠，妳最愛唱的〈火金姑〉就是螢火蟲，妳不是最喜歡請火金姑來呷茶，我們下車去找火金姑玩，好不好？火金姑剛跟我說牠很想看妳耶！」

采悠終於被我說動，和我們一起走進柚子園，因為知道螢火蟲就是童謠裡的火金姑，采悠和螢火蟲的距離就更貼近了一些。

大端黑螢在柚花叢間如歌的行板優雅地穿梭，伸手一拂便落入掌心，我讓螢火蟲在掌心、在身體其他部位任意爬行，還將螢火蟲湊近臉龐，說：

「螢火蟲在親我耶！好舒服喔！」

采悠終於還是抵不住這奇妙的火光誘惑，伸出手心從我手中接過一隻螢火蟲，明明滅滅的光火捧在采悠的小手上，映照著她嫩紅的臉龐，采悠的歌聲竟在此時響起，對著掌心那隻發著光的小精靈輕唱著：

火金姑，來呷茶，

茶燒燒，來呷芎蕉，
芎蕉冷冷，來呷龍眼，
龍眼要剝殼，來呷藍菝仔，
藍菝仔全全籽，唉呦！害我落嘴齒。

我們屏住呼吸聆聽這最接近天堂的聲音，感謝螢火蟲讓采悠又褪去了一層莫名的恐懼。

那晚，在回去的路上，采悠對我說：

「媽媽！螢火蟲好漂亮哦！」

之後，我們再帶朋友、朋友的孩子去看螢火蟲，采悠不但搶著抓螢火蟲與人分享，還不忘一知半解地向人解說：

「兩個是公的，一個是母的（腹部有兩節發光器是公的，僅有一節發光器則是母的）。」

這天傍晚，我在田裡拔野草，一旁的采悠可一刻也沒閒著，一會兒採龍葵果實塞入嘴裡，說：

「好甜喔！」

一會兒又折下一截紫花酢醬草來咬，還不忘皺眉說：

「好酸喔！」

忽而又聽到她的驚呼聲：

「媽媽！好漂亮的瓢蟲，牠在我身上爬。」

我停下來看著在田野間像蜜蜂一般忙碌也如鳳蝶般優雅自在的采悠，欣喜地知道，她的身體已經完全貼近自然的呼吸，而她的靈魂也已融入自然的律動之中。

軌跡

采悠兩歲大的時候，也許是經常隨我們上山跑野外，也許是兩歲孩子的天性，出遊時采悠並不怎麼願意走路，常常還是要人抱著走，或是坐在爸爸背上的背架裡。然而那次去「中平林道」看見滿山巨石堆疊的陡坡，挑起采悠攀岩的興趣（采悠很喜歡攀岩，不知是她獨特的興趣抑或是所有孩子普遍的

天性？）

采悠獨立攀越每一塊巨石，幾次她差些跌倒，站穩了還是繼續爬，有幾次她竟然回過頭來向我伸出圓圓的小手說：

「媽媽，我牽妳。」語氣堅定而清亮。

那時采悠兩歲兩個月大，我永遠記得采悠回頭牽我時那冰冰的小手。

采悠和我各自捧了一本書坐在床沿，她看她的繪本，我讀我的《寂靜的春天》，正讀得入神，采悠突然放下書靠過來抱住我，語帶溫暖地說：

「媽媽，謝謝妳。」

我尚未從感動的驚喜中回神，采悠又給我一個擁抱：

「媽媽，好喜歡妳喔！」

那時采悠才一歲九個月。

我永遠記得采悠溫暖地抱住我時那小小的身體。

二〇〇〇年元月四日，我們一家三口去爬里龍山（屏東縣楓港附近），因下山得太晚，路況也不熟悉，在我們未抵達登山口時黑夜已全然籠罩森林，我們又未帶手電筒，怕在黑暗中走岔了路，遂決定坐在步道中，等待黎明到來。當時約晚間七點，森林的夜已黑得伸手不見五指，蟲鳴唧唧幾乎把我們的呼吸都給淹沒，為了節省口水，我們都不再交談，依偎著靜靜等待天亮。

原本一直沉睡的采悠在黑暗中醒來（其實森林已經暗到根本看不清采悠的臉），沒有哭鬧，采悠安靜地接受四周的闃黑，開始尋找乳頭，喝奶時也不似平時那樣扭動不安分，采悠安靜地吸奶，似乎感受到周圍黑暗中的特殊氣氛，直到我們身後出現搖晃的微光，采悠率先興奮地喊出聲音——原先下山途中遇到的兩位年輕人，並未在山上過夜，於是我們尾隨著那束幸運之光，快步走下山。

一路下山，采悠不斷地唱著歌。

記得稀微星光下，野草在疾步中分分合合，采悠用她清亮而稚嫩的歌聲陪伴我們找到回家的路。那時，采悠一歲兩個月。

在生下采悠之後突然發現自己容易盜汗、心悸、睡不安穩，極度嗜吃體重卻急遽下降。有一日突然高燒不退，呼吸時腰部會痛，診所的醫生懷疑是腎臟發炎，要我快去大醫院掛急診。

那一夜，采悠的爸爸陪我留在急診室觀察，采悠的外婆到我們高雄的家陪采悠睡了一晚，因為采悠喝的是母奶，原本一個晚上要起來喝好幾次的，那一夜卻只醒來一次，而且乖巧地接受塑膠奶嘴（之前她只有在初生時在醫院的那幾天吸過塑膠奶嘴），一整夜沒有哭聲到天亮。

隔幾日，為確定我只是產後甲狀腺發炎還是甲狀腺機能亢進，醫院安排我做放射性檢查，那一整日我都必須與采悠隔離，不能餵奶也不能抱她，采悠又得吸塑膠奶嘴，晚上和大阿姨睡，她不哭也不鬧——那時，采悠四個月大。

采悠如天使般貼心，讓我安然度過最憂心的日子，永遠記得。

出生一百零五天會翻身，五個月學坐，六個月扭著屁股學四肢爬行，九個月初次摸蝴蝶、第一次看到螢火蟲、第一次抓海星……在采悠每一個生命過程裡我都忍不住要以影像以文字記錄她成長的軌跡。儘管在養育的過程也充滿挫折沮喪和怨懟，然而美好的幸福感還是大過於其他所有負面的情緒，只要她往我懷裡一鑽，用她天真無邪的笑容衝我笑，我就甘心繼續痴傻下去了。

第2部

你也可以
帶孩子和自然玩

玩一場靜獵遊戲

我的好朋友撒可努在《走風的人》寫到他初次跟卡瑪（排灣語：父親）上山打獵的經過，卡瑪要他安靜一點，不要有聲音。他看著卡瑪慢慢地移動身體，像蛇一樣遊走，並把前面的芒草尾綁在他們身後的芒草根上，好讓身子被芒草包隱著。當他看到獵物興奮地想尖叫時，卡瑪將他的腦殼按在地上，讓他的臉貼地，跟著土地一樣呼吸。還靠在他耳旁輕聲說：「聲音要跟空氣結合，緩緩又慢慢，讓自身的存在被周圍的一切所遺忘。」在安靜中，他漸漸發現，卡瑪順著自然的節奏讓自己跟自然合體，跟土地一樣呼吸。

經歷了白晝和黑夜換手的黃昏，經歷了成群的山羌自他目光所及的獵場穿過黑夜的急速心跳，卡瑪告訴他：「隨自然的節奏起伏，不然你永遠看不清、看不透，這大自然裡隱藏著你不曾見到的生命跡象，瑪利刺（排灣語：安靜不要講話）。」

安靜，是成為一名獵人首要的功課。布農族的男孩約十歲左右，即可跟著長輩上山打獵，上山之前要謹守Samu（禁忌），如打獵前一夜不能有凶夢、出門前不能打噴嚏或放屁，而隨獵人長輩進入森林，除要保持安靜不能驚擾各種的Hanitu（靈），最重要的就是要安靜地觀察，觀察長輩的一舉一動，觀察之後，便是模仿，模仿長輩的狩獵技巧。

在北美洲的印地安人訓練族裡少年狩獵入門方式便是「靜

獵」。他們把少年帶至森林中，狩獵的工具是敏銳的目光和安靜的心。少年把自己想像成一棵樹或一塊岩石，讓獵物渾然不知少年的存在，而一步步接近，進入少年的狩獵範圍。就像撒可努的卡瑪要他跟土地一樣呼吸，心跳和身體隨自然的節奏起伏，讓周遭的一切忘記他的存在，要成為獵人的他才能看見隱藏大自然中的生命跡象。

進入接下來一系列的自然遊戲之前，就讓孩子先練習「靜獵」吧！小小孩也可以的。跟孩子一起安靜地進入大自然的場域，想像自己是一棵樹或一塊岩石般靜默，以靈敏的心為弓，以銳利的目光為箭，身體如蝗蟲般機警，去發現生命在哪裡，觀察生物在做什麼，牠們的動作又是如何？還有牠們的形狀、顏色以及其他特殊的習性等等。用專注的耳朵收集四面八方的聲音，看看自己能聽到幾種聲音，那些聲音可能是從哪個方向而來……。

這幾年，我持續在太平洋岸分享一種「法鹿族」的走讀課程，「法鹿族」是阿美族語「Faloco'」，「心」的譯音。我希望能形成一種族群，以心為弓，以目光為箭，對自然環境，對人文生態溫暖、深度的一種走讀族群。這些年來參加的成員有愈來愈多學齡前的小孩，要如何讓一群極度依賴父母，甚至是3C產品，眼中只有立即滿足自己需求的小小孩，與我安靜地在不舒適且酷熱的自然環境中進行觀察，簡直比馴獸還難（因為我不能鞭打他們，哈！）累積了很

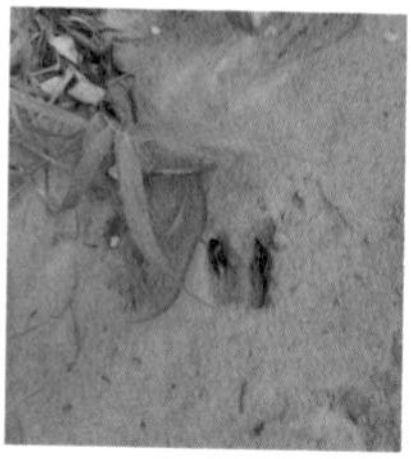

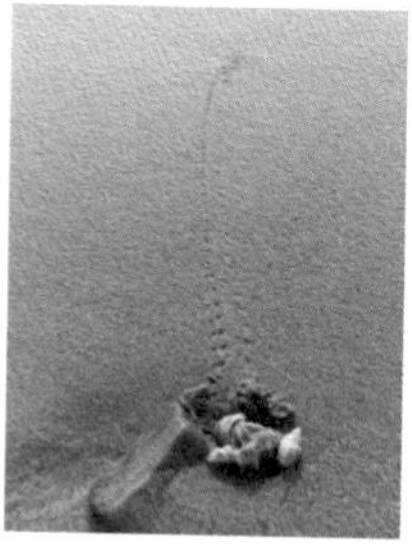

多挫折的經驗，我找到一種成功率極高的方法——先說個故事，身體練習之後再出發。

每一次靜獵隊伍出發之前，先讀《大自然嬉遊記》裡的〈靜獵〉、〈發現〉，分享北美洲的印地安男孩學習靜獵，以及我如何帶學生進行靜獵的故事，來引導孩子如何發現大自然中細微的、隱藏的生命。

或者你可以再加上《勇敢小火車：卡爾的特別任務》（親子天下）、《勇敢的莎莎》（三之三）、《永遠不想離開媽媽的小袋鼠》（大穎文化）……這類鼓勵孩子獨立勇敢的繪本故事，（二〇一八年，晨星將出版我的第一本繪本《我在海邊靜獵》，會是更好的讀本），並用身體閱讀故事，把故事具體化，演出來、玩出來。

接著，再用身體來練習「靜獵」，想像自己是一棵樹，安靜的移動；想像自己是一顆靜默的石頭，紋風不動——聽見了什麼？看見了什麼？

用故事，用戲劇遊戲，挑起小小孩的參與興趣和榮譽感，多數的小小孩都會興致勃勃挑戰自己，離開父母的懷抱，和我一起進行靜獵。在酷曬的烈日之下，放輕腳步行走；蹲在毫無遮蔽的曠野海灘，觀察招潮蟹、彈塗魚，每個人都以氣聲壓住靜獵的喜悅，連搧風喊熱的動作都壓至最輕，深怕一個輕微的移動，一點說話的聲音就把生性膽小的招潮蟹嚇跑。

我們以靜獵隊伍行進森林中，小小孩也能輕易地發現隱身在樹間極具保護色的螵蛸、攀木蜥蜴、螳螂、竹節蟲，甚至是揹著蟬殼緩慢爬行，準備蟬蛻的台灣熊蟬……。

孩子的靈魂與身軀，始終是最貼近土地的。很多時候，我們都以為做不到，其實是可以的。在這個過動的年代與年紀，更需要推行「靜獵運動」——在被一群狂掃秋風的低齡小孩累到虛脫的身體閱讀課之後，我如是想。

△遊戲時機

對於不熟悉在大自然中玩耍的孩子，晴朗的白日會是進行靜獵較好的時機。而關於「靜獵」前的引導練習，室內、戶外皆可進行。

△遊戲要點

（1）靜獵前的引導練習，你可以分享在這篇文章開頭提到的幾個關於安靜打獵的故事，還有念《大自然嬉遊記》裡的文章給孩子聽。也可以多說幾個前文提到的繪本，跟孩子一起用身體玩，用角色扮演的方式，讓孩子更能身歷其境地模擬當一個小獵人如何進行靜獵。

（2）進行靜獵時，最重要的是去除掉言語、用眼睛觀察、用耳朵聆聽，身體要保持高度的克制、警覺，找一個自己很熟悉的自然環境，一次約進行二十分鐘，就可以有很大的收穫。完成一趟靜獵，大人跟小孩都會有莫大的成就感，等於是完成了一次「不可能的任務」。然後就可以慢慢挑戰在陌生的環境中靜獵，你和孩子的感官與自然體驗一定會被大大的開拓。

敲敲打打

當烏雲在天空發出隆隆聲，六月的陣雨就要開始了。潮溼的東風，行經荒原來吹他的風笛在竹林中。那時群花就突然從無人知道的地方出來，狂歡地在草地舞蹈。……森林的枝條相擊，在野風中葉子發出沙沙聲，雷雲們拍著他們巨大的手，花朵孩童們出來了，穿著粉紅、鵝黃、與雪白制服。你知道嗎？母親，他們的家在天上，就是有星星的地方。

——泰戈爾，摘自〈花校〉

寶寶尚未到牙牙學語的階段之前，他早就打開耳朵興奮地想要傾聽全世界，這時給寶寶和諧的自然樂音是極適合的，但是聲音並非只能被動地傾聽，在寶寶好奇的學習階段，你還可以陪他一起製造自然的音樂。

帶寶寶去到公園去，找幾顆大小不一的石頭，用石頭輕敲樹幹，大小石頭互擊，還可利用細小的枯枝敲敲打打，讓寶寶聽聽各種拍打的聲音，別忘了把聲音模擬成語音：「來，寶寶聽聽這聲音！ㄎㄧㄚ、ㄎㄧㄚ、ㄎㄧㄚ！ㄎㄨㄥ、ㄎㄨㄥ、ㄎㄨㄥ！」讓寶寶從有趣的擬聲中學習發音。文具店有一種透明觀察盒，是很好的利用工具，你可以收集一些堅硬的果實和種子，小石頭或細沙，裝入透明觀察盒裡，讓寶寶聆聽不同物質撞擊的聲音，還能看到種子或石頭在觀察盒裡滾動的樣子。

葉子也是很好玩的樂器，試試看葉子能發出多少種的聲音，吹、拍、打、彈、擊甩、撕、揉捏、踩一踩，憑你的創意來發揮，還可以把葉子捲起來當笛子吹，可玩的花樣真不少呢！

創造自然樂音的樂器，大自然裡俯首可拾，如果寶寶再大一些，敲敲打打之外配合節奏，你們還可在青青草地辦一場即興音樂會。

△遊戲時機

晴好的天氣在草地上是一大享受，材料唾手可得；若遇雨天也可在室內玩一場自然音樂會，如果平常多收集果實種子，樂器材料就不虞匱乏了。

△遊戲要點

（1）幾個月大的寶寶必須注意別讓他把樂器吃進去，讓寶寶做觸摸遊戲或搖搖罐子聽聲音，都是很好的。

（2）週歲大的孩子可以漸次訓練他模仿你的動作之外，還可陪他一起發揮創意用各種方式讓自然樂器發出聲音。

（3）三、四歲大的孩子可以配合孩子熟悉的兒歌，邊唱邊玩自然樂器，組個小小樂團。

（4）五、六歲大的孩子可以分組玩自然樂團的遊戲，讓孩子自己選定歌謠及收集樂器，葉子、種子、石

頭、公園裡的水泥樁、樹幹……都是樂器，老師可事先準備空瓶子來裝種子。

（5）別忘了，敲敲打打之後讓所有樂器回歸大地，並跟它們說聲「謝謝」喔！

氣味地圖

水是甜的，

花兒是香的，

愛的感覺之無限兼有天上與人間。

歡迎來到這個充滿樂音、瑰奇色彩、甜酸苦澀的綺麗世界。

初生嬰兒即具有各種嗅覺，包括令人愉快、令人厭惡的氣味。曾有心理學家觀察發現，一點點阿摩尼亞的氣味，即可使出生滿一週的嬰兒擺頭逃避。《感官之旅》（A Natural History of the Senses）的作者黛安・艾克曼說：「世上沒有比氣味更容易記憶的事物，……氣味就像威力強大的地雷般，隱藏在歲月和經驗之下，在我們的記憶中安靜地爆炸。只要觸及氣味的引線，回憶就同時爆發，而複雜的幻影也由深處浮現。」在門前種一棵桂花，多年以後，離家的孩子可能遺忘童年生活的許多細節，但他肯定會記得瀰漫在空氣中似淡還郁的桂花香和母親沖泡的那壺具有溫暖氣息的桂花茶。

我們隨著每一次的呼吸時時在嗅聞，嗅聞空氣中各種千奇百怪的氣味，這是一趟神祕之旅，你可以充當嚮導引領孩子展開一場自然的氣味之旅。

撿拾一片花瓣，搓揉一片葉子，掐碎一顆熟果、澀果、腐果，甚至是種子……沒有一種氣味是相同的。在氣味的旅行中，從好聞不好聞，漸次引導孩子對氣味的分辨，香的甜的臭的嗆的，令人愉悅的，令人頭暈等的感受，到「這味道聞起來像什麼？」「這氣味讓你想到什麼？」等等的類比感覺——大自然的氣味之旅不僅是單純的感官刺激，還是一連串思想演進之旅。

△遊戲時機

在任何地點，只要能採集到自然物即可與孩子一同進入氣味地圖。

△遊戲要點

（1）對於初生的嬰兒遊戲的重點放在感官的刺激，讓他聞聞各種自然物的氣味。

（2）三、四歲大的孩子可將他眼睛蒙住（綁上蒙眼布亦可），在分組進行氣味遊戲時，讓另一個未蒙住眼睛的孩子帶領蒙眼的孩子去聞味道（讓孩子從中培養彼此之間的信任感），再回到原點，拆下蒙眼布，讓剛剛蒙眼的孩子尋找記憶中的氣味是來自何種植物。

（3）五、六歲的孩子則可將各種植物搗碎混和放在容器裡，讓孩子猜裡面有幾種植物（或有哪些植物），更可進一步引導孩子形容氣味，思考植物發出氣味的用意……等等問題。

做一個自然手環

帶小小孩出外散步時，小小孩不僅對任何事物充滿好奇，還想動手去摸、去抓，可以準備一個小型透明觀察盒，把花瓣、葉子、種子、石頭、蟲蟲……小小孩有興趣的東西放進觀察盒裡讓小小孩看。更有趣的是攜帶一捲寬膠帶（不透明的膠帶較好用），反貼在你的還有小小孩的手上，把沿途的自然物貼到膠帶上，製作一個五彩繽紛的自然手環，還可滿足小小孩喜歡黏黏貼貼的樂趣。

△遊戲時機

在公園、人行道或野外徒步時，可與孩子一起黏貼自然手環。

△遊戲要點

（1）以寬膠帶反貼在手腕上，使膠面朝上像戴一個寬手環，並將自然觀察途中所發現的新鮮物黏上膠帶。

（2）在帶領團體遊戲時，可以讓所有孩子同時進行採集與黏貼的工作，最後再讓孩子們展示黏貼的自然手環，並讓孩子們認識手環上的自然物。

那是什麼聲音啊！

有一回和采悠閒坐在田埂上，稻田旁邊的灌溉水渠清澈見底潺潺流動沿階而下，形成一道小瀑布，我引導采悠一起仔細聆聽水流動的聲音。驚奇地發現每一滴水落下的聲音皆不同——「ㄉㄧ、ㄉㄧ、ㄉㄧ、ㄉㄧ」、「ㄙㄨ—ㄙㄨ—」、「ㄙㄨㄚ—ㄙㄨㄚ—ㄙㄨㄚ」、「ㄙㄛ ㄌㄨㄛ—ㄙㄛ ㄌㄨㄛ」、「ㄌㄨ—ㄌㄨˋ —ㄌㄨˇ……ㄌㄨˋ— ㄌㄨ—ㄌㄨˇ……」，才三十公分寬的水渠竟擁有如此豐富多變的水流聲，實在太有趣了。若將聲音轉化為圖形，則有點狀、直線、珠串形、交叉、漩渦、上寬下窄、不規則形……看了都眼花撩亂，連週歲大的采悠也聽得興高采烈。

因為專注，所以心思更為細膩，感官更為靈敏，想像力也為之馳騁，往往可以獲得更純粹而深刻的感動。

你可以帶孩子到空曠的地方坐下來，並利用閉眼靜坐三十秒或靜觀冥想的方式（可參考第167頁觀想——像風一樣自由的「引導式觀想」）幫孩子把浮躁的心安靜下來，仔細聆聽環繞在周圍的聲音。

你還可以教孩子嘗試用自己的手做出「袋鼠的耳朵」，把手掌變成碗狀放在耳後，手掌向前，將聲音收集在手掌裡並反射到耳中，如此會聽得更清楚，再把「手碗」轉朝背後，聽聽後面的聲音。

△遊戲時機

在田野行進中或在一個定點，坐下來，閉上雙眼並打開聽覺仔細諦聽周遭的聲音。

△遊戲要點

（1）帶領幼兒進行傾聽聲音的活動時，可將孩子帶至空曠的地方，讓孩子各自選一個角落坐下來，並讓孩子安靜下來。第一次閉上眼睛傾聽聲音三十秒，張開眼睛後，請孩子分辨聲音來自何處；第二次閉上眼睛傾聽聲音一分鐘，張開眼睛後讓孩子形容他所聽到的聲音並猜猜他聽到的是誰的聲音，已經會書寫的孩子可讓他用文字或圖形標示出他所聽到的聲音。

（2）將你所聽到的聲音轉化為語音和孩子分享。

你可以這樣說：「你聽，『伊伊伊』，那是紡織娘的聲音喔！」

對於年紀大一點的孩子，你可以這樣說：「那是什麼聲音啊？『ㄍㄟ、ㄍㄟ、ㄍㄟ、』，我猜是青蛙的叫聲，你猜呢？」

當然，如果你的孩子野外觀察經驗已經很豐富時，你可以這樣問：「我聽到『古哇！古哇！』，那是誰的叫聲啊？」

相信這樣的提問方式會讓你們的對話更生動。

彩妝自然

植物具有色素可以反映出各種顏色，運用植物具有的色素即可編織出奇異的夢想。譬如：採集各種植物的葉子或者花瓣或種子，直接塗染在白紙上就可創造出奇幻的圖形及色彩（有的花瓣明明是粉紅色，染在紙上卻變成紫色）；每個族群的原住民都會利用特定的植物提煉染布的顏料，編織一件衣裳或一只情人袋的色彩。古時候的女人還會摘取落葵成熟的紫色漿果，將種子蒸熟後晒乾，再拌白蜜敷面。

其實你也可以和孩子玩一場自然彩妝大賽，利用自然物來裝扮，龍葵的紫色漿果可以當顏彩筆，黃槿或朱槿的花蕊具有黏性可充當耳環，馬櫻丹或矮仙丹的花一朵朵頭尾相接可串成手環或花冠戴在頭上，羽毛可做頭飾，葉子用繩子串起來可當頭冠或繫在腰間當腰帶……，還有許多神奇的色彩及創意，就在一次又一次的試驗中迸出火花。

△遊戲時機

在任何有自然物可取材的地點皆可進行此遊戲。晴天時可在戶外，也可將材料採集好回到室內玩，尤其是雨天時，還可在特別的日子（生日Party、耶誕節……）開個自然化裝舞會呢！

△遊戲要點

（1）若參與人數較少時，你可以和孩子輪流妝扮對方；若孩子較多，就可以分組各自選一個模特兒來進行彩妝設計，還可為妝扮好的模特兒取個巧思的名字。

（2）若能在家中陽臺、院子裡或教室多種些盆栽，許多自然遊戲就可隨時在室內進行。

窗外的風景

「媽，妳看！烏頭翁又來了。」

隨著采悠手指的方向看去，一隻烏頭翁正停在後院的一株妹仔菜（A菜）上，探頭探腦檢視有沒有紅熟的草莓可食，采悠咬了一口饅頭語音清脆地說：

「媽媽，烏頭翁飛走了。」

夏日的南風吹過平原，菜圃裡抽得老高的A菜也隨風舞動，我指著窗外舞動的植物對采悠說：

「妳看，妹仔菜在跳舞給我們看耶！」

「哇！好好玩！」采悠也驚嘆地說。

這些場景、對話經常是我們早餐的佐料。有時候白雲飄得低些，我們就會依著雲朵的形狀玩想像和比喻的遊戲，更多的時候是采悠與我們分享她發現的經過窗外的意外訪客。

以前住在城市的公寓頂樓時，雖然自然景觀貧乏許多，但才一歲多的采悠就經常舉起她圓圓胖胖的手指頭指著窗外飛過的紅鳩或麻雀，用她稚嫩的聲音喊著：

「Bird!」自從她八、九個月大開始與我們一同坐在餐桌旁用餐之後，早餐時刻就成了我們一天之中最美好的時光之一。

把書桌及餐桌置於靠窗的位置，是我們平凡生活裡一點小小的堅持。流動在窗外的風景也許是一朵飄過的雲，一陣微涼的清風，也許是一群飛鳥、孤單的蝶影，也許是農夫勞動的身影，也許是山巒的光影變化……都像是意外來訪的朋友，為我們平淡的生活帶來些許驚奇和感動。

把書桌及餐桌擺在靠窗的位置，讓孩子和你一起從容地享用早餐或午餐，用餐時刻便是一同欣賞窗外風景的最佳時刻。

若是你能在一天之中撥

出十分鐘或半個小時的時間陪孩子一同坐在靠窗的書桌前閱讀一段故事、小詩或心情的分享，那也會是共賞窗外風景的好時光。

你還可以和孩子比比看在最短的時間內（例如十秒鐘）誰看到的窗外的景物最多，把看到的景物畫下來，或用文字標示出來，那將是很有趣的親子遊戲（此遊戲亦可運用在教學上）。

若能在窗臺上種些植物用來引蝶誘鳥，還可觀察植物生命的變化與光影在植物上的移動，窗外的風景將更豐富。

△遊戲時機

任何時刻都是眺望窗外風景的好時機，白天夜晚，晴天雨天都會有新鮮事。

△觀察要點

剛開始你必須引導孩子注意窗外景致的變化，包括經過的飛鳥、昆蟲、天空飄移的白雲……等等，你可以用想像及擬人化的方式來引導孩子，例如：

「妳看，那朵雲像不像一輛小汽車？」

「麻雀要去找牠的朋友玩了。」

漸漸地，孩子養成觀察和想像的習慣時，觀察力就會變得更加敏銳，而且超乎我們所能預期。

發現新視界

不知為什麼小孩子總喜歡躲到桌子底下，要不就鑽進小小的洞裡，要不就爬到最高的地方，這似乎是他們探索外在空間的方式。小小孩身體伸展的姿勢最是自由，所以他們的視界也最接近造物主的世界，趴在地上爬呀！翻哪！滾哪！鑽呀！都是他們的最愛。

有時候，我也喜歡跟著小孩一起蹲下來或趴在地上或爬到最高處或鑽進紙箱裡，因而發現另一種角度的視野而充滿驚喜。

春天，在一棵大樹旁躺下來，高大的枝幹遂成了張開的巨傘，每一片葉都成了舞動的精靈，摩摩娑娑；貼近一片冬天蛻紅的欖仁葉，讓它占滿整個視線，天空就被一片欖仁葉給染紅了；秋日的芒草似鬚髯老人迎風樹立，若在陽光下把焦距湊近如簾子般的花穗，那在風中顫抖的花穗竟如張開的金黃之翼正準備起飛呢！夏季，眼前是一片片綠油油迎風擺盪的稻浪，俯身近看才發現一顆顆晶瑩的露珠在稻禾的森林中似一汪汪清澈的湖水。

生命有了不同的視角，俯仰遠近之間，才擁有更多發現的驚喜。

△遊戲時機

任何時刻都可以換個角度看世界。

△遊戲要點

（1）和孩子同等的高度看世界，趴著蹲著仰著，跟隨孩子的姿勢探索，並引導孩子去發現景物的細微之處，譬如：一片葉子的脈絡和蘊藏的幾種顏色、花蕊的構造、花瓣上細緻的紋路、莖的形狀（有些植物的莖是方形，有些是圓形，有的是三角形），以及種子的形態（漿果、蒴果、核果……）等等。

（2）可以讓孩子用手機將焦點聚焦在物體的其中部分，來訓練孩子如何將焦距集中在某一點上；同時鼓勵孩子變換各種角度，發現新的視角，這對美學與創意是很好的訓練。

拜訪祕密花園

家後面有一塊荒廢的檳榔園，那是我和采悠的祕密花園。

檳榔園裡有很多野花，鬼針草、鴨趾草、紫花霍香薊、紅茅草、紫花酢漿草及許多蕨類，每次采悠總會央求我折一截酢漿草莖讓她嚼，她似乎很喜歡那種酸酸甜甜的感覺，她還喜歡撿拾掉落的檳榔種子當做禮物送人。

檳榔園裡有兩棵倒下的檳榔樹，樹幹交疊在一起就成了蹺蹺板，我們喜歡坐在蹺蹺板上，一邊嚼酢漿草，一邊聽葉子被風吹動的聲音，看陽光自葉隙灑下來，地面上的矮叢植物便有光影在跳動——那場景彷彿是夢裡才有。

就在離家不遠的地方找個可以跟孩子一起玩耍、一起觀察、一起做夢的祕密花園吧！那個空間不必太大，也許是公園一隅、一段河道、一處荒廢的草叢，甚至一塊小花圃都可以。好好認識祕密花園裡的一草一木，讓孩子和花草做朋友，可以陪孩子一起為祕密花園裡的朋友取個親切好玩的名字。

當然，孩子長大以後也會有自己的祕密花園（也許不會），但是，你和孩子共同擁有的這個祕密花園，肯定是彼此生命中彌足珍貴的記憶。

△拜訪時機

不同時間、不同季節甚至不同天氣去拜訪都不會看到相同的場景。

△拜訪要點

（1）引導孩子觀察祕密花園裡的植物及其他景觀的變化，另外還可以記錄除了你們之外，祕密花園還有什麼其他的訪客（例如：白頭翁、蝴蝶、毛毛蟲……）。

（2）在學校裡老師也可以和學生一起尋找一處祕密花園，祕密花園可大可小，甚至可以是一個小盆栽，主要是藉此培養孩子主動觀察的習慣。

彩繪自然

采悠自出生以來便看著我在稿紙上塗塗改改，對於拿筆畫畫這件事特別好奇，不滿週歲，她便拿起筆在紙上塗鴉，架式十足，握筆姿勢也很正確。後來，我們開始讓她使用顏料在報紙上作畫，畫筆的柔軟，水彩自由的水墨渲染效果，讓想像空間更加開闊。

采悠用畫筆在紙上撇了四痕粗線條，她說那是「骨頭在打架」；隨意勾勒一個狀似動物的線條，她說是「獅子」；她還畫了三根毛的人、腳印和圈圈……反正就是玩嘛！兩歲大的孩子可以任意揮灑色彩，自由塗抹顏料而不必挨罵，是最快樂不過的事了。

這天突來的一陣雷雨，讓我們不得不取消騎腳踏車的計畫，采悠提議要玩水彩，下雨天就來點變化吧！我到院子裡採了幾種葉子，還把平常收集的石頭從書架上拿下來。

一開始，我們在石頭上塗顏色，亂畫，接著，把水彩塗在葉

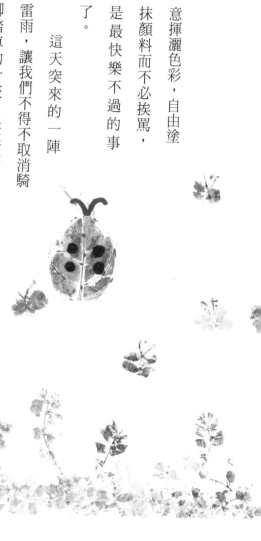

子上，再拿起塗滿水彩的葉子反壓在紙上，葉脈的紋路就印在紙上了。花瓣也拿來試試，花瓣的線條不若葉脈的線條清楚，我們將花瓣一瓣瓣撕開，用手捏著花瓣像沾醬油似地加顏料，再抹到紙上或壓在紙上，也會創造出意想不到的詩意來。

△遊戲時機

任何時間，特別是下雨天不能出去玩的時候。

△遊戲工具

畫筆、水彩、再生利用的紙、報紙（鋪在地上避免顏料直接畫在地板上）、調色盤（我們使用廢棄的塑膠水杯裝水洗畫筆，水杯蓋就可以充當調色盤）。

△採集材料

葉子、花瓣、石頭、種子（葉子的紋路最清楚，壓印出來的圖案效果最好）。

△遊戲要點

利用自然物塗鴉創作既是免費，材料選擇也多，平時就可多採集收藏，陽臺上的盆栽也可利用。

直接在大型的葉子上畫畫（例如：波羅蜜的葉子）或將顏料塗於葉背上再轉印在白紙上，都是很好玩的遊戲。不必擔心孩子滿手沾得都是顏料，遊戲結束後再把顏料洗掉就可以了，石頭上的顏料也可洗掉再重複使用。

命名遊戲

也許是身為作文老師的職業病，在面對自然景物時，我總會習慣性地做比喻性思考，尤其是和女兒偕行時，也不管她聽不聽得懂，興致一來就說上一串：「悠悠，妳看，那片葉子好像手掌。」、「妳看，那根倒下來的木頭像不像一隻猴子？」、「那隻青蛙穿黑色網襪耶！妳看到沒有？」……面對我突如其來的靈感，采悠總是很善良地點頭稱是。

有一天，采悠突然對我說：「那隻蜘蛛好像白色的蛋。」刷牙

時她把牙膏吐在地上，說：「我這樣好像在畫畫。」爬山途中，朋友的孩子坐石頭上休息，采悠說：「哥哥坐在石頭上，好像一隻大螳螂。」——大量比喻性的詞彙出現在采悠的生活裡，我才猛然驚覺，我慣用的比喻性的語言形式已在無形中融入我和采悠的生活教育裡，采悠從我們自然的對話中學會找出事物彼此之間的關聯性，而更進一步學習整合與分析式的思考，當采悠開始駁斥我的說法而堅持自己的想法時，我便確定她的思考能力已經有很大的躍進了。

你也可以在散步途中和孩子玩一種「命名遊戲」，鍛鍊創造性聯想的能力。你可以指著在散步途中出現的任何自然物，依它的形狀、顏色或其他外在特色命一個新的名字，記得要在你命名的自然物前面停下來，讓孩子看清楚你所指為何。有時候孩子未必願意動腦筋去想像，但是你所說的怪（新）名詞，一定能引起孩子對你所命名的對象產生興趣，而且你會發現你的腦子因比喻性思考的運用變得更加靈活。這種腦力激盪的遊戲玩一、兩次之後，孩子的創造力也跟著奔馳起來，你就不需要再唱獨角戲了。

△遊戲時機

散步途中或公園內即可進行此遊戲。

△遊戲要點

（1）除了在散步途中，可以和孩子一同發揮想像力玩「命名遊戲」之外，在帶領團體遊戲時，也可讓孩子各自收集幾樣自然物，然後選擇有特色的一樣自然物為它命新名。另外，還可延伸此活動，讓孩子分組將採集而來的自然物拼放在地上，創造新的圖像，還要記得命名喔！

（2）此遊戲的目的主要是讓孩子找出事物之間的關聯，命名和比喻的想像都可以是很天馬行空的，無關乎對不對或像不像。對於孩子說出來的答案，不要有任何評判標準，只要給予鼓勵和讚美就行了。

擁抱一棵樹

樹的一生從萌芽、抽枝、長葉、開花、結果、樹幹變粗到枯朽，它的嫩芽、葉子、花朵、果實、樹液、枝幹及死亡的軀體……提供了無數生物（包括人類）食物、居所甚至醫療。一棵樹也涵蓋了藝術創作、數學、歷史、生物、物理、化學、語文……所有教學題材。當你要帶領孩子進行自然體驗與大自然成為朋友，樹便是最直接最容易親近的自然生命。

學齡前的孩子（四～六歲）可以逐步引導他發現居留在樹上的

生物、觀察樹上生物的活動及其他生物與樹木之間的關係。而更小的孩子可以帶領他做一些有趣的自然體驗，例如：觸摸葉子、花瓣的質地以及樹幹的紋路；搓揉葉子再聞聞味道及花香，踩一踩落葉聽聽腳下窸窸窣窣清脆的聲音，以及樹上葉子與風摩娑的聲音；也可以抱抱樹聽樹的心跳、感覺樹的溫度；還可以嘗嘗嫩葉和成熟果實的滋味……。

愈來愈多的研究結果顯示缺氧是造成過動及專注力太差的重要因素（孩子有眼袋也是缺氧的表現），所以幼小的孩童更應該經常帶他至大樹下，讓孩子盡情地跑一跑、跳一跳、叫一叫，甚至爬爬樹，適當宣洩孩子過多的精力，吸納氧氣並把積在體內不好的氣吐出來，將有助於孩子情緒的穩定及注意力的集中。

有時候和孩子一起躺在樹底下，在樹旁閉上眼睛靜坐一會兒，那也是很棒的體驗。

△遊戲時機

任何時刻都可以進行，晴天是較好的時機。

△遊戲要點

樹的豐富和多樣性是最容易親近及觀察的自然生命，用熱情去擁抱它，將會激發許多靈感和創意。

只要注意避免接觸有毒的植物，就可以玩得盡興。下列幾點常見樹木的特性可供你參考：

1. 可食的嫩葉：黃連木、菩提樹……。
2. 可食的果子：南美假櫻桃、構樹、羅望子（酸酸果）……。

3. 有毒的樹木：通常會流出白色乳汁的植物都具有毒性，例如：夾竹桃科的黑板樹、黃花夾竹桃、海檬果……。

採野果

兩歲半以前的采悠對走路總是興趣缺缺，每次走山路或在村子裡散步，她的耐性總不超過十分鐘就嚷著要人抱抱（除非有同伴和她玩），經常是我們大人走在前面，她就在後頭呼天搶地地追，其實追也只是走沒幾步就停在原地嚎啕，這種拉鋸戰時常上演，最後總是做父母的向她妥協。

采悠不斷地耍賴，迫使我必須想法子讓她對旅程產生興趣而忽略走路這件事，分享花香、自然禮物、玩發現的遊戲、踩影子、嘗野果……都是在野外觀察途中激盪出來的靈感。

山上有很多野果子可採，酸中帶澀的火炭母草及巒大秋海棠，吃莖的部分；蛇莓、普刺特草的熟果，味道普通不甚可口；臺灣懸鉤子及刺莓的滋味就可口多了；酸藤的嫩心葉及羅氏鹽膚木的果實都是生津止渴的好野食。

都市裡也採得到野果，夏季時紅熟剔透的構樹果實及匍匐地面而生的毛西番蓮，橙黃多汁的果肉包裹著細小的種子（果實還有綠色的密毛保護著），滋味甜甜膩膩，感覺不錯。另外酢醬草的莖酸中帶甜，細葉碎米薺

咬在嘴裡有芥末味，都是挺特別的滋味；而一年四季都在開花結果的南美假櫻桃及在鄉間野地較常看見的龍葵，紫黑色的果實甜而不膩，都是孩子喜歡的野果。

讓孩子在野地中自行採擷野果，那滋味絕對是比市場買回來洗好切好的水果要新鮮許多。

△遊戲時機

在野外進行自然觀察時，看到可食的熟野果即可採擷品嘗。

△遊戲要點

品嘗野果主要是讓孩子多一層感官接觸自然的機會，並進一步認識自然生命，但是安全仍為首要原則，坊間有許多植物圖鑑，在野外觀察或以此項目活動為主題時，可做為參考。另外，也可藉此機會讓孩子學習採集野食的簡單方法，在不確定某種植物是否無毒可食時，可把握以下三項原則：

將葉子或熟果放在舌尖輕咬，若（1）具有甜味則九成是屬於無毒。（2）苦苦澀澀的，則勉強可食，七成不具毒性。（3）麻麻辣辣的，則具有毒性，應立即吐掉，並漱一口水。

把握此三項原則，即可安全地辨識野菜，同時也讓孩子學到一種野外求生的方法。

賣菜囉！

記得小時候的玩伴一吆喝起來真是比母親節綁的粽子還要大串呢！過五關、跳房子、打彈珠、踢銅罐、抽尪仔標、跳十二生肖、紅綠燈、跳橡皮筋、扮家家酒、擺地攤、開藥鋪，還有迎嫁娶，或者偷拿母親的絲巾當披風扮小飛俠，有時還用紅色塑膠繩梳綁成頭套演歌仔戲，每一次的開場白一定是：「今哪日是元旦……」。

彼時遊戲的材料多取自於大自然，花葉石頭泥沙等等，也不分男生女生，或者年紀大小。那個年代的小孩子，也都經歷過自己製作玩具的童年，像射橡皮筋的筷子槍、會飛上天的竹蜻蜓、野花編織成的項鍊與戒指。元宵節我們提著鐵罐製成的燈籠，呼朋引伴去巡街；兒童節在柏油路旁鋪塊塑膠布便野餐起來。

在城市中猶看得見許多稻田及荒野地的六〇年代，我們也常在草叢中捉蜻蜓，在田埂上捕青蛙。相信五、六年級以前的父母，很多都跟我一樣有過親近土地的童年。

然而現代的孩子就沒那麼幸運了，呼朋引伴的

生活經驗已從孩子的童年中抽離，公園裡擠滿了等待玩遊樂器材、溜滑梯的小孩，即使我們現在搬來東部，雖比在西部多了一些玩伴，但是受過現代文明洗禮的父母也因種種理由而寧願讓孩子待在家裡，所以只有采悠自己到鄰居家串門子才有同伴陪著一起玩，想要像我們早年那樣呼朋引伴到田野間撒野玩耍就很難了。

如果父母多花點時間和心思陪孩子趴在地上打彈珠，一同收集自然物擺地攤扮家家酒，以及利用自然物製作孩子的玩具，例如：裝了種子的養樂多音樂罐、廢紙板製成的面具、廢木材製成的回力鏢、竹蜻蜓……，讓孩子參與玩具製作的過程，相信這種方式比花錢為孩子購買不實際的玩具要來得更有意義。

△遊戲建議

在空地上鋪塊布或幾張報紙，再把採來的植物各個部位擺上就成了藥鋪、菜攤、扮家家酒，葉子搗爛了還可替病人敷藥。

拿塊石板當盤子，採集各種野菜做拼盤，撿來小樹枝可當叉筷，加上沙子當胡椒粉，一盤盤野菜就上桌了。在團體活動中還可讓孩子自己製作菜單或舉辦名廚大賽，取菜名比菜色，花樣可是多得不得了呢！

自然禮物

聖誕的季節，采悠和我坐在我們祕密花園裡的蹺蹺板悠閒唱著歌，祕密花園裡遍生著野花，紫的、黃的、紅的、粉的、白的，似交響樂般繽紛盛開，搖晃得累了，采悠從蹺蹺板上跳下來，蹲在地上撿拾檳榔種子在地上畫畫，

「媽媽，今天是祕密花園的生日，我們做卡片送給它。」采悠頭也不抬地說。

「好啊！」我說。滿地盡是免費的素材，不消半會兒功夫，我

和采悠的手上已都是滿滿的野花了，將野花捧回家，將花莖的長度稍做修剪，擺進裝了清水的胖玻璃瓶中，紅茅草、紫花霍香薊、睫穗蓼、紫花酢醬草、複瓣豬母乳……似錦繁花中間插了一朵野百合的棕色蒴果，我叫這叢野花插瓶為「眾星拱月」，玻璃旁還斜斜擺著我和采悠一起用自然的禮物拼貼製作的卡片。

心情美麗極了，每一天都是特別的日子，因為有大自然，有采悠的陪伴。

△製作感恩卡

（1）材料：剪刀、蠟筆、彩虹筆或鉛筆、粉彩紙或圖畫紙、膠水或白膠、種子、花瓣、葉子、貝殼……於大自然中取得的材料。

（2）作法一：隨自己的創意在紙上利用自然材料拼貼出各種圖案，小小孩則可隨意黏貼，不一定要貼出圖形來，最後再寫上感謝祝福的話即可。

（3）作法二：選擇葉脈較深的葉子壓在紙的下面，再用鉛筆或蠟筆、彩虹筆等工具，將葉脈拓印於紙上，最後於空白處寫下感恩祝福的話就完成了。

（4）作法三：選擇葉脈較深的葉子沾滿水彩或廣告顏料（水彩較容易洗掉），再把葉子轉印

到紙上就完成一幅意象圖了，別忘了寫上感謝與祝福的話。

以上三種作法皆很簡單，兩、三歲的孩子也可以操作，家長可以從旁協助。這類創作遊戲不僅能夠激發孩子的創意及美感經驗，還可訓練小肌肉。

讓我們看雲去

飄移在碧空中的雲朵，是天空的巨大電影城，不斷上演著奇幻新奇的劇碼，如果你想讓孩子從觀察雲朵多變的形狀中，展開想像之翼，只要用「孩子，那朵雲看起來像什麼？」這樣簡單的問句來激發就夠了。

「妳看！那朵雲好像一隻狗要去抓一根棒棒糖來吃呢！」我說。

「旁邊是一隻獅子，牠在喊著：『不要搶我的棒棒糖！不要搶我的棒棒糖！』」才兩歲大的采悠也發揮想像力和我一同編織天空之城的童話。

不同天氣，不同時刻的雲彩水墨染著不同的顏色，也是值得觀察。

如果你想讓孩子認識各種雲的名字，你可以借用一則童話：小王子為了尋找夢裡的玫瑰花而要離開城堡，但他只能在朝陽的照耀下，天空出現城堡形狀的閃亮雲朵時啟程。在城堡雲朵出現之前，小王子必須先等九天，分清楚各種形狀和顏色的雲，觀察它們的聚散情形。

經過幾天的觀察，孩子很快就會記得那壓得很低很大片的雲就是「積雲」；而飛得老高，卷卷毛毛的就是「卷雲」；還有那立起來像一座城市的雲就叫做「直展雲」；陰天較常出現，夾在「積

雲」和「卷雲」之間的雲就叫做「層雲」。

△遊戲時機

到戶外或能看到天空的窗邊，利用不同的天氣、時間觀察雲彩的顏色及形狀。

△遊戲要點

用想像做引導並鼓勵及讚美孩子各種奇幻的想法。當孩子創造性思考能力逐漸被你生動的故事激發出來，比喻和想像自然從孩子心中湧現，不久孩子就能自己編故事了。

捏陶土，好好玩

小孩子總喜歡抓沙玩泥土，不知是沙和泥土可以讓孩子用他的小手自由塑形或是永遠取之不盡的特性，可以讓孩子盡情享受那種細緻的自然觸感，而讓小小孩對沙和泥土愛不釋手。不過現代人居住的環境多半已遠離自然，也因此剝奪了孩子親近泥土的機會。

有一回我在中部幫一群自然教育工作者上自然遊戲教學的研習課程，學員中有一位經常帶學生到野外上美術課的曾淑敏老師，她提供我一個可以激發孩子豐富的創造力又能讓孩子盡情捏土玩土的教學遊戲，我覺得很棒，曾老師也很樂意讓我將此遊戲介紹給本書的讀者，感謝曾老師的分享。

在遊戲中，老師只要準備一大包陶土，一個學生大約一個拳頭大的分量，並把孩子帶到大樹旁，讓孩子自己發揮創意，盡情捏出手中的陶土生命就行了。

△遊戲時機

最好是在晴天時進行，人行道或公園，只要有樹的地方就可以玩這個遊戲。

△遊戲要點

（1）老師把準備好的陶土發給每個孩子並將孩子分組

（三～五人一組），再請每一組各自選定一棵樹。

（2）孩子可依其創意捏出各種昆蟲、動物或其他自然物，再利用枯枝或小石子在陶土上刻出紋路或其他圖形，最後將捏好形狀的陶土固定在樹上，可擺在槎枒上或將陶土插在樹枝上。一個個陶土捏成的小蟲子停在樹上，孩子就成了創造陶土生命的女媧了。

（3）陶土非常自然而安全，把捏好的陶土留在樹上，讓過往的人欣賞孩子的傑作，風吹落或雨打下了掉到地上，也只是讓土歸於塵土，完

全不會造成任何環境的污染。
在一般美術用品社即可購得陶土，將陶土綁在塑膠袋中能保持溼度，若陶土太乾加水和一和就可自由塑形了。

觀想——像風一樣自由

「閉上你的眼睛，深沉而緩慢地呼吸，全身放鬆——感覺自己像個布娃娃，非常非常平靜。現在我們一同做一趟神奇的旅遊，你想和我一塊兒嗎？想像你是一縷清風，吹過了青青草地，你遇見許多草花，並彎下腰來，愉快地和草花打招呼；你又吹過了樹梢，葉子熱情地邀你和它一起跳舞，你經過一扇窗，窗上掛著銅片風鈴，風鈴發出清脆的聲響，叮鈴、叮鈴，你看見屋內的人睡著午覺，還做了美夢似地露出了微笑，你穿過巷弄、大街，來到寬闊的平原，你看見許多朋友和兄弟姊妹，你們高興地在稻尖上跳著舞，激起綠色的稻浪，你融入了喜悅的氣氛中，享受稻浪摩娑的濤聲——你感覺到非常的平靜又安詳，平靜，平靜，又安詳……。」

這是一種深刻而內在的「引導式觀想」，有身孕的母親可以經常做這類的靜坐觀想，將這份靈

性的喜悅傳遞給胎兒。而這種「引導式觀想」也可以運用在極幼小的孩子身上，開啟其想像之門，釋放更高層次的創造力量。很多研究證明觀想力量不僅能發展想像力，同時也增長解決事情的能力及運動能力等許多的技能。澳大利亞的一項著名實驗證實了心中觀想一項運動技巧，其價值相等於實際的體能技巧鍛鍊：有一組籃球員每天練習自由投籃，而另一組隊員則在同一時段在心中觀想練習投籃，經過了二十天，只以觀想練球的那一組球員和每天在球場揮汗練球的球員有相同程度的進步。

幾個世紀以來，無數偉大的思想家、藝術家、科學家，都是藉由超意識心靈的創造層做精細的內觀之後而靈光乍現，思想家找到了問題的答案，藝術家創造光輝不朽的藝術，發明家產生原創性的發明，科學家也因而發現深奧的科學原理。

因此，這個創造性的心靈層次絕不應該被忽略而該在我們幼兒教育中加以深耕與開發。

△遊戲時機

在室內進行觀想活動，外在的干擾會較少些。要進行觀想活動時儘量保持空腹狀態，勿過飽或過於飢餓，早晨頭腦清醒時是較好的時機。

△遊戲要點

可以帶領孩子一起想像你們是一片羽毛，一隻飛鳥，一個小水滴，甚至一個旅人……，觀想的世界無限寬廣。剛開始可以讓孩子張開眼睛想像，漸漸地，孩子習慣觀想，你甚至不需要再刻意引導。

在引導觀想之前，先讓孩子練習深呼吸——吸氣、吐氣，吸氣、吐氣，吸氣、吐氣。慢一點，不要太快，至少三次以上。深呼吸可讓整個感官知覺沉靜下來。

觀想對於一個生活經驗尚很匱乏的幼兒來說，並不是極容易的事，身為父母應該陪孩子多親近自然，豐富生命經驗，讓孩子擁有開闊的視野，觀想之翼才能自由地開展。

△延伸活動

可準備筆和紙，利用接龍的方式把你和孩子觀想的旅程畫下來，那便是一千零一夜說不完的故事了。

微觀想像之旅

不知你曾否趴在地上觀看一隻螞蟻企圖搬動身長超過牠三十倍大的蜻蜓翅膀，即使舉步維艱、踉踉蹌蹌仍不肯放棄這項工作？你曾否嘗試過想像自己就是那隻螞蟻？螞蟻的世界每樣東西都變得巨大，一顆石頭就是一座山，一片草地就是蠻荒叢林，幾滴水聚在一起就成了池塘湖泊——那一定是趟驚奇之旅。

陪孩子一起趴在地上觀察螞蟻的行動，蹲在花叢旁觀察蜜蜂如何採蜜，蝴蝶又是伸出什麼形狀的口器來吸水，你會發現孩子的專注度和觀察的興趣並不亞於你。

觀察只是讓我們對於事物有更多的了解，而將觀察印象以戲劇的遊戲方式表演出來，對想像力的激發和創造性思考有非常大的幫助。

譬如說你和孩子假扮成螞蟻，找來木板或紙板當做昆蟲或其他食物，體驗螞蟻搬運食物的過程；又如拿一個廢棄的大紙箱當隧道或樹洞，你和孩子可鑽入紙箱中，想像自己是一隻微小生物，在黑暗的洞裡你們要做些什麼呢？在幻想的激盪下，就可以演出一齣齣好玩的童話了。

想像的世界是如此地寬廣且容易，一碗水就成了小湖，豆子可以當做雨滴，帶葉的枝條插在黏土就是小樹，一張沙紙代表一片沙灘，松果、石頭、閃亮的貝殼都被賦予了生命，你和孩子可以共同編織這些生命之間的對話。

生活因想像而增添了許多奇異的色彩。

△遊戲時機

觀察活動隨時隨地皆可進行，家中經常出現的螞蟻、蠅虎、壁虎、衣蛾，都是觀察的對象。

至於表演創造最好能成為你和孩子經常性的遊戲，藉由想像可以開發高層次心靈精細的、創造性的連接，並強化左右腦整體運作的能力，這對孩子的學習能力具有長期的影響。

△遊戲要點

最好能全家一起參與表演，儘量利用自然的材料，也可以製作一些簡單的道具。在團體活動中更加適合帶領這類利用自然材料加工的集體創作表演，讓孩子自己編故事，尋找現實與想像之間的關聯性。

儘量變化題材，可以真人假扮其他角色，也可以利用其他媒材做主角，人退居於操控的位置。

一起來做大偵探

走在山林間，我總是禁不住東張西望，習慣性往樹幹上搜尋或往葉子上瞄，看看有什麼讓我驚奇的事物，如果發現藏得極隱密或具有保護色的昆蟲或者蜥蜴……總會讓我雀躍不已，這是我最喜歡和采悠、采漣分享的美妙的時刻。

漫步沙岸上或泥灘地，我總是忍不住成為低頭族，除了尋找寄居蟹、貝殼、螃蟹……若發現生物的爬痕足跡，我就會屏氣凝神，謹慎跨出每一個步伐，沿著線索探查追蹤，雖然外在冷靜，內心可是歡欣澎湃得很（因怕踏亂了爬痕足跡，驚擾了製造爬痕足跡的生命）。這是我最喜歡帶采悠、采湕一起玩的大自然的偵探遊戲。

那些記憶都如彩色正片清晰如印，永久保鮮！記得有段時間，在樹幹上看到好幾次一大片像刻刀雕出的太陽花圖騰，後來終於找到這位自然雕刻藝術家，原來是天牛幼蟲用牠的大顎在樹幹上啃出一道道規則的食痕，每一道食痕都不重疊且具弧度，壯觀極了。

在蘭嶼的小八代灣，經常看見一道似兩片大葉子排列成行的爬痕，那是母綠蠵龜夜晚自深海游上岸來產卵，翌日清晨再回到海裡的證據。

第一次看到綠蠵龜產卵，就在小八代灣。母綠蠵龜在產卵附近的海域與公龜交配，等到產卵季節開始後，每季會上岸產卵三到四次不等。母龜通常於漲潮時上岸，在選好產卵位置後，先用前鰭扒出一個可以容納身體的大坑洞，再用後鰭挖出一小圓桶狀的產卵洞，隨後產下約一百個像乒乓球大小白色皮革質的蛋，最後利用剩餘的力氣一扒一扒地堆沙朶掩蓋住卵，才回到海裡。

那晚，我在紅頭部落閒晃，從事綠蠵龜生態研究的朋友騎著摩托車跑來通知我，綠蠵龜上岸產卵了，我隨即跳上朋友的車趕到海灘，母綠蠵龜已處於十分虛脫的最後產卵階段，我強捺住激動的情緒，輕輕地摸了摸牠粗糙無比的皮膚，好特別的觸感，約有半張乒乓球桌那麼大吧！母綠蠵龜。接著，牠開始擺鰭扒沙要掩蓋卵，我就趴跪在牠的正後方，巨大的沙雨打上身，還挺痛的呢！像東北季風吹捲的海沙。

我跟朋友挪至旁邊，一邊聊天一邊等待母綠蠵龜完成整個產卵程序，因牠在產卵時怕干擾牠所以未能拍照，想趁母綠蠵龜爬回海裡之前，好歹也遠遠地拍張照片留作紀錄吧！海風徐徐，和朋友聊得正起勁，突然發現靠近海岸線那端出現一顆巨石，咦！那裏原本就有一顆大石頭嗎？可能是另一隻母綠蠵龜上岸產卵，再等等吧！

一個小時、兩個小時過去了，小八代灣的夜靜悄悄無聲息，原來母綠蠵龜產卵的地方已成一個大沙垛，母綠蠵龜早已不見蹤影！朋友懊惱地打自己的大腿，原來剛剛那顆大石頭是母綠蠵龜下海之前最後的身影。

再一次回到小八代灣，便是帶著一歲多的采悠到海邊追蹤綠蠵龜的爬

痕，沙朶旁還有裸空的蛋殼，可能是蛇挖出來吃的吧！（達悟人不吃綠蠵龜蛋，這裡是Anito——惡靈聚集之處，達悟人不會來這裡）夜裡，還看到剛出生的小綠蠵龜，急急忙忙不知要游回海裡還是要找留在沙灘上的同伴？

等采悠再大一點，已能自由地跑跳時，我便帶著她在溪邊、海邊觀察鳥的腳印，是往哪個方向走去，最後足跡又消失在哪裡？

等到妹妹采漣也長到可以自由跑跳的年紀，便換成是采悠帶著我們發現樹上的蟲蟲，追蹤生物的足跡。

當我在溪邊追蹤到一隻山羌的腳印，從碎石底下往溪水的方向延伸，復又踏著泥灘返回碎石坡往山裡去的足跡，內心狂喜無比，彷彿在印跡裡嗅到那隻山羌於山林野地裡踽踽獨行的孤寂的氣息。

那些記憶都如彩色正片清晰如印，永久保鮮。

△遊戲時機

晴天陰天雨天，都可以是觀察樹間生物的時機。而在溪邊海邊的足跡爬痕，就要在朗朗晴日去探險。

△遊戲要點

如果老師父母能和孩子一起練習本書中第二部分的第一個遊戲「玩一場靜獵的遊戲」（92頁），便能懂得在大自然中保持靜默，以心為弓、以目光為箭會有多大的收穫。當我們的目光習慣在自然間掃描，會漸成習慣，很容易就能發現隱藏得極隱密或具保護色的生命，或在沙灘泥灘地裡清晰或雜沓的生物爬痕與動物足跡。

在野地發現生物爬痕或足跡時，福爾摩斯大偵探的角色就得上身，冷靜沉著，莫踏亂了痕跡，尤其是一行隊伍一起前進時，要讓後面的人也能在前人的腳印中清晰看見那些極容易被驚擾的製造爬痕的生物或一有風吹草動就被淹沒的足跡。試著辨析這些爬痕足跡是屬於誰的？牠行進的方向為何？最後消失在哪裡？……這樣的追蹤遊戲，一直是我和孩子在大自然中能獲得最大的成就感的活動。孩子的學習能力很強，多幾次經驗，很快就能練就名偵探柯南那般明察秋毫的推衍奇案的能力。

跋

海嘯做一輩子的閨蜜

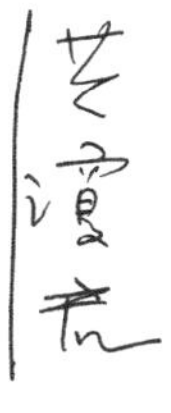

在增補本書最後幾篇文章之際，便是采悠出生的季節，她要滿十九歲了。驀然回首，往日足跡早已淹沒潮漲潮落間，明鏡之前悲嘆，我怎麼也難掩蓋日益稀疏的早生華髮，那個在我胸前爬上爬下，時不時又溜滑出去抓蟲摸蛇，又常會毫無預警地衝向我懷裡，說：「好喜歡妳喔！好愛媽媽喔！」的悠悠寶貝，已長成不要我在眾人面前喚她悠悠小名的，青春窈窕且意氣風發的黛綠年華。

當晨星要重新改版發行這本二〇〇二年出版的大自然遊戲書

時，我們決定找剛考上時尚設計系的悠悠，為這本因她的成長而誕生的自然遊戲書畫插圖，深具意義。但在重新回顧的過程，對我，尤其是對悠悠，其實是極殘忍的過程，各自哭了好幾回。然而一番刮心虐腸之後，卻也生出了感謝。感謝曾經一起濡沐在大自然讓我們予取予求愛裡的幸福，感謝擁有父母無私獨寵的悠悠，在妹妹尚未加入我們的生活之前。

有時候會和女兒們聊起小時候讓我們帶著跋山涉水的野孩子經驗，女兒們會很快樂地回憶著抓蛇、抓青蛙、摸螢火蟲、看鳥腳印、南安瀑布下的早餐和玩樂、堤防上騎腳踏車、遇見山羌、被護蛋的母鳥攻擊（無意間靠近在沙灘上築巢孵卵的候鳥）……那些些血脈賁張的時刻，悠悠還記得想要成為一隻翠鳥的願望，因為牠很美麗。然而更多時候的回應是當時年紀太小，哪記得這麼多，不記得了——

有一次，悠悠在 line 跟我聊著：很煩躁的時候，會想到生命最初我最親近的是大自然，覺得幸福，也會讓我放鬆——這樣很怪嗎？她問。

曾幾何時，悠悠寶貝已長到不喜歡直接表露情感的采悠女孩，反而是我永遠都長不大似的，總是像個小孩興高采烈對著走在身旁面無表情的女兒說：「招潮蟹出來了！」「我看到了。」采悠面無表情地說。

「彈塗魚耶！」「我有看到。」「好美麗的貝殼啊！你們看，好多。還有寄居蟹在爬耶！」「嗯！」「快看，快看，好圓好黃的月亮，好美的月光海啊！」采悠拿起手機拍照，冷冷地說：「拍不出來。」

至於那個也長到不願讓我在同學面前喊她小名的二女兒巫古，更是銷聲無語，甚至乾脆窩在車上睡覺。在接送她上下學的日子，我每每要她瞥一眼汪藍海色，洸洸金光，你看，多美的早晨，我們就好像住在崖上波妞的小鎮上，每天要開過卑南溪和太平洋交界的大橋才能上學，這樣的廓灟海景開始一天的日子，好幸福。轉頭卻見她歪頭張嘴，只差沒打呼，連聽我都沒有。十五歲的巫古，每日十小時的學校課程、球隊操練、回家功課……壓得她空閒時只想睡覺、滑手機看影片、跟同學聊天放鬆，偶爾讀讀小說，大自然這本書已經忽略很久很多了。自導自編自演，剪接影片，是她現在最得意也最有興趣的事。

悠悠在ＩＧ社群看到別人ＰＯ的東部景點美美的照片，問我這些點在哪？一一帶她再訪，她就拾回了記憶，啊！妳帶我來過——其實都不只來過一次，因為妳每次都在抗拒中，我說。

然而，有些感動有些探索的痕跡，也是會滲入基因似地影響生命。每次邀悠悠一起爬山走海，她總習慣性地抗拒，怕熱怕曬黑怕累……走過之後，她也總是感謝，還好有去，還好，又增添一筆幸福印記。而巫古很耐操耐走，而且還是喜歡走陡峭不平的崎嶇山路，跟隨教父撒可努在深夜山林中追逐鹿蹤，直接夜宿星空下的曠野，也不以為苦，還意猶未盡。

寫就這些文字的此時，是悠悠滿十九歲的前夕，揹著母親這個身分忽忽走過十九個年頭，我一直都不是個成功稱職的母親，即使兩個女兒讓我餵母奶都餵了三年多，讓我帶著到處上課演講玩耍，一直到上小學。但多頭馬車拉著跑的多重身分，性格使然的諸多犯錯，很多時候的無能為力……讓我這個母親身分有許多虧欠，對女兒們。但始終很自豪的，是有幸做女兒的閨蜜，我們可以分享所有的祕密，無所不談，包括感情的習題。當女兒遇到挫折難題時，第一個想到的，要訴苦要告知的是我，但解決問題的是她們自己。可以得到女兒們完全的信任，就讓我重回舊時能夠為他們遮天避風擋雨的那個巨人形象底活著的價值，然後，又可以為甜蜜的沉重負擔在很難喘息的生活的縫罅中繼續撐住愈來愈衰老的一小片天。

在付梓之前，采悠寶貝滿十九歲的前夕，要感謝她清新溫暖的插畫為這本書大大增添了許多亮點，在臉書 PO 出出版社設計好的封面初稿，讀者自動預購的就已近百本，甚至還有大學年輕的教授，也是作家朋友，認真地要預訂衣服和床單，用采悠的插畫。跟采悠分享這些，她還是淡定地說：「因為她是妳的朋友」。

更要感謝晨星出版的主編惠雅，帶領整個編輯團隊用心製作這本新書，讓這本大自然遊戲書有了嶄新而精緻的面貌。我真想拍下那一個個看到封面初稿時不分年紀高聲驚呼（特別是女生）：「好可愛！好好看喔！」的表情，像廣告畫面那樣，超療癒，對我。

最後，真要感謝我的家人，給了我和兩個女兒滿滿的包容慷慨的愛，彌補了生命不完整的缺憾。

海嘯一輩子濡沐在大自然的愛裡，做大自然的女兒，這是我此生最大的恩寵。

海嘯做一輩子的閨蜜啊！我的女兒，讓我們彼此成為彼此最美的恩典。

國家圖書館出版品預行編目資料

跟孩子玩自然／洪瓊君著. - 初版. - 台中市 ：
晨星，2017.11
192面； 公分，——（自然公園；082）
ISBN 978-986-443-356-8（平裝）

855　　106017260

自然公園 82

跟孩子玩自然

作者　洪 瓊 君
繪圖　陳 釆 悠
主編　徐 惠 雅
校對　洪 瓊 君 、 徐 惠 雅 、 張 慈 婷
美術編輯　王 志 峯
封面設計　黃 聖 文

創辦人　陳銘民
發行所　晨星出版有限公司
台中市407工業區30路1號
TEL：04-23595820 FAX：04-23550581
E-mail：service@morningstar.com.tw
http：//www.morningstar.com.tw
行政院新聞局局版台業字第2500號
法律顧問　陳思成律師
初版　西元2017年11月23日

郵政劃撥　22326758（晨星出版有限公司）
讀者服務　（04）23595819 # 230
印刷　上好印刷股份有限公司

定價380元

ISBN 978-986-443-356-8
Published by Morning Star Publishing Inc.
Printed in Taiwan

◆讀者回函卡◆

以下資料或許太過繁瑣，但卻是我們瞭解您的唯一途徑，

誠摯期待能與您在下一本書中相逢，讓我們一起從閱讀中尋找樂趣吧！

姓名：＿＿＿＿＿＿＿＿　性別：□男　□女　生日：　/　/

教育程度：＿＿＿＿＿＿

職業：□學生　□教師□內勤職員　□家庭主婦

□企業主管　□服務業　□製造業□醫藥護理

□軍警　□資訊業　□銷售業務　□其他＿＿＿＿＿

E-mail：＿＿＿＿＿＿＿＿＿＿＿　聯絡電話：＿＿＿＿＿＿＿＿

聯絡地址：□□□＿＿＿＿＿＿＿＿＿＿＿＿＿＿＿

購買書名：跟孩子玩自然

・誘使您購買此書的原因？

□於＿＿＿＿＿書店尋找新知時　□看＿＿＿＿＿報時瞄到　□受海報或文案吸引

□翻閱＿＿＿＿＿＿雜誌時　□親朋好友拍胸脯保證　□＿＿＿＿電台DJ熱情推薦

□電子報的新書資訊看起來很有趣　□對晨星自然FB的分享有興趣　□瀏覽晨星網站時看到的

□其他編輯萬萬想不到的過程：＿＿＿＿＿＿＿＿＿＿＿＿

・本書中最吸引您的是哪一篇文章或哪一段話呢？＿＿＿＿＿＿＿＿＿＿＿＿

・請您為本書評分，請填代號：1. 很滿意　2. ok啦！　3. 尚可　4. 需改進。

□封面設計＿＿＿＿　□尺寸規格＿＿＿＿　□版面編排＿＿＿＿　□字體大小＿＿＿＿

□內容＿＿＿＿＿　□文／譯筆＿＿＿＿　□其他建議＿＿＿＿

・下列書系出版品中，哪個題材最能引起您的興趣呢？

台灣自然圖鑑：□植物 □哺乳類 □魚類 □鳥類 □蝴蝶 □昆蟲 □爬蟲類 □其他＿＿＿＿

飼養&觀察：□植物 □哺乳類 □魚類 □鳥類 □蝴蝶 □昆蟲 □爬蟲類 □其他＿＿＿＿

台灣地圖：□自然 □昆蟲 □兩棲動物 □地形 □人文 □其他＿＿＿＿＿＿＿＿

自然公園：□自然文學 □環境關懷 □環境議題 □自然觀點 □人物傳記 □其他＿＿＿＿

生態館：□植物生態 □動物生態 □生態攝影 □地形景觀 □其他＿＿＿＿＿＿＿

台灣原住民文學：□史地 □傳記 □宗教祭典 □文化 □傳說 □音樂 □其他＿＿＿＿＿

自然生活家：□自然風DIY手作 □登山 □園藝 □觀星 □其他＿＿＿＿＿＿＿＿

・除上述系列外，您還希望編輯們規畫哪些和自然人文題材有關的書籍呢？＿＿＿＿＿

・您最常到哪個通路購買書籍呢？□博客來 □誠品書店 □金石堂 □其他＿＿＿＿＿

很高興您選擇了晨星出版社，陪伴您一同享受閱讀及學習的樂趣。只要您將此回函郵寄回本社，或傳真至（04）2355-0581，我們將不定期提供最新的出版及優惠訊息給您，謝謝！若行有餘力，也請不吝賜教，好讓我們可以出版更多更好的書！

・其他意見：＿＿＿＿＿＿＿＿＿＿＿＿＿＿＿＿＿＿＿＿

晨星出版有限公司 編輯群，感謝您！

請填妥對折裝訂，直接投郵即可，免貼郵票

廣告回函
台灣中區郵政管理局
登記證第267號
免貼郵票

407
台中市工業區30路1號
晨星出版有限公司

請沿虛線摺下裝訂，謝謝!

更方便的購書方式：

1 網站：http://www.morningstar.com.tw
2 郵政劃撥 帳號：22326758
戶名：晨星出版有限公司
請於通信欄中註明欲購買之書名及數量
3 電話訂購：如為大量團購可直接撥客服專線洽詢

◎ 如需詳細書目可上網查詢或來電索取。
◎ 客服專線：04-23595819#230 傳真：04-23597123
◎ 客戶信箱：service@morningstar.com.tw